医路潜行：
大医院 小医生

薄禄龙

> 我们从事的是与疾病做斗争的工作，可并不是直接就跟基因或细胞互动，而是跟有血有肉的人打交道。正因为这样，医学才显得如此复杂多变、富有魅力。
>
> ——阿图·葛文德

目 录

一 医路成长

住院医师，24小时On Call　003
想做医生？你得先会考试　005
想做医生？你还得多考几次试　008
我不是超人　010
重压让你发挥失常　014
重复性劳动　017
鼓励或责备　019
医生的爱情　021
如何给学生上课　023
开春上课记　027
Sorry Works？！　030
感谢恐慌　032
让效率加倍的"坏"方法　035
我的精神导师，是个大怪物　037

二　病床观察

请让我相信他会好起来　041

"二进宫"后的生死迷局　043

健康，没那么简单　047

艰难的医疗决定　050

生死路口的穷与富　055

医患沟通　058

你有健康商数吗　060

三　麻醉笔记

血液对手术如此重要　065

麻醉值班那些事儿　068

小朋友，我有办法让你不哭不闹　072

美国的医生节，为何纪念的是麻醉医生　076

你也是二道贩子　078

如何精进麻醉英语　080

纪念我们的麻醉兄弟——岳琦医生　083

四　医院内外

医生，方便留一个电话吗　089

医生需要打领带吗　091

七月的医院最危险　094

血荒的背后　097

医生要开会　100

对疾病的恐惧　102

来自朋友圈的罪证　104

你的医生在哪里　108

当医生需要戒烟的时候　110
医生的白大褂是怎么穿上身的　112
医院里的数字禁忌　116

五　东写西读

《泰坦尼克号》里的医疗安全启示　121
令人称奇的"心外传奇"　125
清单：为什么在医院里有用　127
是否该将命运交由医学、技术和陌生人来掌握　130
医者两难谁人知　134
妙手仁心何处来　137
在医院，人多力量大？　141
菜鸟医生，如何通过模仿在医院生存　145
如何做一名聪明的患者　149
你的时间去哪了　153

六　你问我答

高考结束了，我该填报医学院吗　159
我该坚持医学考研的道路吗　163
如何才能学好解剖学　166
如何才能让同事认可我　170
如何提升我的临床能力水平　173
你为什么不敢提问题　177
大学五年了，是时候谈谈了　180

后　记　187

第一篇

医 路 成 长

住院医师，24小时 On Call

"在门急诊病房楼里有这样一群住院医师，他们不分昼夜，他们放弃休息，他们熬夜写病历，假期远离他们，高薪和他们不沾边。噢，苦命的住院医师！"

看完电影版《蓝精灵》后，我嘴里哼唧出这样的咏叹调！我是谁？我是抽空看场电影已属奢侈的住院医师。

2011年6月，我终于获得临床医学专业博士学位。从学历上来说，这基本到顶了。可是，学历高并不代表医术也高。若想做一名合格的医生，我必须从住院医师做起。1个月后，我参加了医院组织的住院医师培训计划。为期两年的培训计划，自此起航。

报到那天，相关部门就"截取"了我的食指指纹——左右食指，一个不落。说实话，留取指纹的目的倒也纯粹，完全是方便考勤。无论早上上班查房，还是晚间教学活动，你必须把你肉肉的、活动自如的、温度为37℃的食指放进识别器。总之，想偷懒，门都没有。

我同时还领取到一本小册子。深蓝的封面上，印着醒目的"住院医师日志"几个大字。粗翻一看，就是一叠白纸。但仔细一瞧，却吓了一跳。原来，每页纸上都标明了日期和时间，严格框定了时间。比如说，每周一到周五，从早上7时开始，会有40分钟的"早查房"；每周一晚6时半开始，会有2小时的教学查房时间；每周三晚上，则是雷打不动的学术讲座时间。每个月，都会有一次考核，上面会有带教老师的评语，还需自我评价一番。总之，纸上留出的片片空白，等待我的是每天满满的工作。

住院医师，就是住在医院里的医生，与医院是24小时绑定的无缝对接状态。我们大多住在医院的集体宿舍，保持24小时手机通畅状态。剩下的一小撮呢？肯定能在病房的医生值班室里找得到。只要病房有事，电话随叫随到，处于"On Call"的状态。总之，住院医师若不在病房里，一定是在前往病房的路上。

住院医师承担着大量的临床基础工作，是架设于医患之间的引桥，是沟通的管道。从我目前仅有的体会而言，做住院医师的最大考验，是身体一定要好。比方说，有时内科教学查房，一站就是一上午，有时还得抱着一摞沉重的病历，既要详细汇报病史，还得时刻准备教授的刁钻问题。外科的住院医师，日子更不好过。从早上8时半上台做手术，经常会一站七八个小时。站着，就像戳在土里的水泥杆一样，必须绝对硬挺。

住院医师还必须有合适的身高，这也是我基于观察得出的结论。我碰到一名1米87个头的住院医师，这就尴尬啦——给手术带来莫大困扰。他不小心一抬头，就会碰到头顶的手术灯。若是将手术台升高到适合他的高度，其他外科医生就够不到手术台。更要命的是，适合大部分人穿着的手术衣，套在这个瘦高个上，颇像一件比例失调的小丑服。

想做医生？你得先会考试

从医科大学毕业，那只能算是医学实习阶段结束。想要真正成为一名医生，就得进行住院医师规范化培训。想要入行，总得有张证吧？对医生这个职业来说，那就是执业医师资格证。

我在本科毕业后，直接考取了研究生，硕博连读5年。按照当时的规定，我不能在攻读研究生期间去考执业医师。可等我参加住院医师规范化培训后，医院又有了新规定：工作后且满一定试用工作期，取得用人单位的证明后，才可报名并参加考试。

执业医师资格考试分为两部分，分别是临床技能考核与笔试部分。只有在取得临床技能考核合格的前提下，才能参加笔试。临床技能考核，则是通过与考官的面对面回答问题、体格检查、临床操作，才能过关。一般而言，临床技能考核的通过率较高。

笔试部分，则是执业医师考试的重头戏。而且，要用两个整天四场考试的分量，完成600道选择题的勾选。重头戏，自然要好好准备。所涉及考试点成千上万，内外妇儿专，样样都不少。有人曾打趣说一个笑话：

老婆："老公，我睡不着，给我讲个故事吧。"老公："好吧。很久很久以前，有个青年，在医学院念书。有一年，他参加了执业医师考试。他考了生理、生化、病理、药理、免疫、微生物、预防、统计、流行病、卫生法、心理、伦理、内科、外科、产科、妇科、儿科、精神病、传染病……"还没讲完，老婆就睡着了。

据说，执业医师资格考笔试的通过率比较低，平均下来只有20%上下。尽管我怀疑这个数据，可还是把我吓得不轻。毫无疑问，如果没有认真备考，仔细看书，想顺利通过这场考试，难度并不算小。只有时间上有保障，复习也完整，才能确保通过考试——即便低空掠过及格线。对我而言，住院医师规培的临床工作很重，复习时间并不算多，只能在每日手术间隙或下班后，得空看几页书。

毫无疑问的是，踏实而高效地看书，才是通过考试的根本保证。考试是学习状态的反面，它成功地利用标准化的试题，对每一名考生进行标准化的测验，以反映真实的学习效果。考试时，人的思维会被悄无声息地转换频道，每一道题目都成为检索大脑上万条医学知识的条件。那些平素看来别无二致的题目，此时要么多了伪装，要么似曾相识。总之，一股谍影重重的感觉扑面而来，似乎一不小心就会踏入雷区，万劫不复。在考试这事上，咱虽身经百战，可心里总有点儿应激——这能让人全神贯注一些，却也可能呆板僵化。每一道题目，都让你变得谨慎起来，你不再凭借着印象去勾选答案，而寄希望于严谨的分析与理解力，将正确的答案斩获。

实情常常是，总有那么几个选项，让你模棱两可，不知所措，像雾像雨又像风。就我的粗浅理解来看，医学知识点繁杂凌乱，在用600道选择题进行丈量时，很多人无疑会突击式地大容量吸纳知识点。于短期记忆而言，对历经无数考试磨难的医学生而言，这倒也罢了。问题是，这些知识若没有经过系统的整理，它们在大脑里只是无序地堆放，而没有得到再加工。没有被理解的知识，便难以被记忆。尽管看了很多知识点，可当要应用时，便会在考场熄火。

很多时候，医学题目无法通过理解来识记。它们不是数学或物理，你总可以通过运算或力学原理，得到最后的解。可在医学上，Graham-Steell杂音、Austin-Flint杂音分别指什么，你记住了就是记住了，没有什么办法来理解。3个月婴儿头围是40 cm、烧伤体表面积、补液公式……记住了就得分，没记住的话就只能蒙了。

四场考试，侧重点不一样。既然有区分，那便一定有策略应对。有时像押赌注，又像是赛马，就看你怎么保证得分最大化。换言之，那些看上去很拗口的法律法规、预防医学、心理人文，往往是拿高分的最重要部分。总之，这些只需要花上半天时间攻读就能掌握的内容，往往比用几天光景投到生理、生化、微生物和病理上，要划算得多。

没错！我最终顺利地通过了考试。要不然，也写不出这本书了。

想做医生？你还得多考几次试

在住院医师规范化培训期间，还有很多场考试等着你。培训不到半年多，便迎来了第一场。2012年新年伊始，在开始工作的第一个周末，便去参加"住院医生规范化培训"的考试。所考内容包括：与医疗相关的法律法规、循证医学概要、临床思维与人际沟通、预防医学与公共卫生概要等。

这些倒还好说，令我懵圈的是重点传染病防治知识。不信，我先抄录一些医学名词给你瞧瞧：

> 病原体、感染、潜伏期、暴发、鼠疫、霍乱、抗毒素、疫苗、溶菌酶、调理素、内毒素、外毒素、结核、疟疾、白喉、单纯疱疹、干扰素、菌血症、毒血症、脓毒症、艾滋病、狂犬病、炭疽、破伤风、间歇热、稽留热、回归热、弛张热、甲肝、乙肝、丙肝、丁肝、戊肝、急性淤胆肝炎、急性重症肝炎、慢性重症肝炎、慢性肝炎重度、拉米夫定、阿昔洛韦、细菌性痢疾、血吸虫、伤寒、副伤寒、阿米巴、头孢菌素、喹诺酮、流脑、乙脑、庆大霉素、青霉素、滋养体、包囊、裂殖子、氯喹、流行性出血热、肾出血热综合征、钩体病、禽流感、隐球菌、非典型性肺炎……

你耐着性子将上段看完了吗？即便你直接跳跃至此，那也无妨。上一段里的每个名词，都能展开一个篇章。作为一个在医科大学没有把传染病学好的学生，我只能更用心地来准备。

有些考试是一种知识性考察,这在医学考试中尤为明显。例如,大部分医学考试都是客观选择题。这意味着,当你看到一道对医学知识细节要求颇高,但极少包含推理性质的选择题时,记住了就能得分,记不住只能瞎蒙。

这也造成了有趣的局面,有的人答题速度很快,有的则非常慢,直至交卷还不罢休。超快的人分两种,其一是记得住的人,他们火眼金睛,明辨题干,知晓如何选择作答,选A、选B、选C、选D、选E都是有理有据,可以自我说服。他们有板有眼地从第一题直至最后,横扫下去,几无阻拦。其二是记不准的人,他们模棱两可,不知所措,连蒙带猜,在A、B、C、D、E中辗转徘徊,又生怕自己恋战过久反而自乱阵脚。于是,他们相信第一感觉,选择看着顺眼的,从第一题直至最后,横扫下去,几无阻拦。

我曾在微博上看到一个条目,是@酷炫脑科学发的,内容是说:"知识考过才是自己的!考出来的知识往往比自由学习记得更牢固。学新知识时,人们常会用关键词或关键信息与旧知识相联系,考试会加强关键信息的连接作用,帮助人更好地学习新知识。"尽管深以为然,却又是无比痛苦的过程。

编纂住院医师规培讲义的老师这样写道:"答案以讲义和相关文件为准,不出偏题怪题。因此只要抱有认真参与的态度,认真听课、认真自学复习,适当记忆,努力与临床轮转相结合,通过考核并不难。然而,某些对今后终身行医很重要的内容却难以考核,总之考核不是目的。"言之凿凿,却无法替代考试这种不得不要的手段来完成。

显而易见,在十几年诸般考试大潮洗礼过后,我依然像最初赴考那样,在每个题干与选项里斗智斗勇,然后手握2B铅笔,在答题卡上认真地涂画着。最后,再次认真核对姓名、准考证号及选项,涂黑各部位。直到直起身子,轻嘘一口气,觉得功德仿佛已然圆满,并对通过或失败的概率大致预估后,才欣欣然交卷离开。

我不是超人

作为一名麻醉科住院医师,我也需要到其他科室进行轮转。2013年元旦刚过,我便前往医院的加强治疗病房(ICU)上班。顾名思义,ICU里的患者是全院最危重的,他们时刻都可能出现病情的陡转急下。因此,每次的24小时值班,都是一种高强度劳动。每次下夜班后,总感觉处于一种梦游状态。换句话说,缺眠少觉的全天候值班,就是实验室睡眠剥夺小鼠模型的human增强版。

脱掉白大褂,混入精神抖擞的上班族时,我与周围每一名年轻人看上去别无二致。没有人知道我是一名医生,他们永远无法想象我在整个夜晚为抢救患者而"浴血奋战"。一种轻松愉悦的疲劳袭上心头——能让患者安稳地又度过一个夜晚,真是令人开心。

不过,疲劳是显而易见且具体的。从早上八点上班,开医嘱查房,处理各种不同的病情,接诊新患者,一直要忙到晚上十点多甚至半夜才能休息。很多时候,刚躺下没几分钟,护士便汇报病情,你必须立即查看患者并处理。想安稳睡几个小时,纯属奢望。总之,全天候24小时,你的大脑被十几名不同病情、动态变化的患者所填充。

有人或许会说,值班怎么能睡觉呢?网上就有不少的新闻标题,赫然写着"值班医生竟然在睡觉"。就仿佛是,值班医生必须睁大眼睛,一直在患者床前转悠才能算是值班。如果患者或家属喊一嗓子,在三五秒内没有看见医生出现的话,医生就是脱岗,就是不负责任。

打个不确切的比方,医生值班就像是停车场收费员。只有当汽车进出时，收费员才有活干，其他时间则处于待命状态。在待命状态里，打个盹，看两眼书，都不算违反规定，这叫作按需工作。按照各个医院的医疗规定，医生上班期间不在医疗岗位上，那就要在值班室内。值班室自然是供医生留宿休息的，休息打盹自然是正常和许可的。

下夜班无遗是高兴的，这意味着你成功 survive a day。倚靠在地铁座椅上，即便看到年长者，自己真的不情愿起身让座。在嘈杂的声音里，既困又累还乏。我偶尔也会开车上下班。开车的感觉是，真想把车直接扔在路边，找个舒坦的地方睡一觉。遗憾的是，我只能使劲眨巴下眼皮，感叹高架道路今天咋这么漫长。我一般常用下列招数让自己显得更清醒：不断调整广播的音量、尝试将车窗摇下再摇上、大声喊几嗓子、掐大腿。我想，疲劳驾驶的感受也不过如此吧。此时，患者和家属们，不用担心我的困累乏会影响到医疗行为，该担心的换成了我的家人——我能否安全顺利地回家。

当然，值班让我丧失了正常的作息规律，丧失了正常社会人的身份。由于 ICU 工作制度的设计，我每值一个 24 小时班，就能休息一天半或两天。乍看之下，这种弹性工作制真是好，能空余那么多的休息时间。可实际上，当我早晨下夜班后，回家往往是大半天的睡眠补充时间。这意味着，你无法用正常的朝九晚五、周六日休息的概念，来与家人、朋友相处，你按照奇特的工作表生活在滴答而过的时间里。这样的工作生活，持续了整整半年。

前面这些感受是"医生疲劳"在我身上的具体体现。2012 年 12 月，《梅奥诊所学报》发表了一项研究，真实反映了对住院医师的真实写照。梅奥诊所的 Colin West 医生，对在这家医院的 340 名住院医师进行了长达五年的追踪调查。他关心的问题是，住院医师的疲劳、睡眠缺乏是否会影响他们的行车安全。答案是肯定的。在参与调查的 340 名住院医师中，有 11.3% 的医生说曾发生过撞车事故，43.3% 的医生曾险些撞车。综合分析认为，工作倦怠、抑郁、疲劳、缺乏睡眠，与开车事故的发生率显著相关。早在2005年,《新英格兰医学杂志》发表了来自"哈佛工作时长、健康与安全小组"的一项研究。研究者分析了美国2 737名参加培训的一年级住院医师,结果发现与正常上下班的医生相比,那些连续长时间工作的医生发生撞车及险些撞车的可能性分别增高2.3倍和5.9倍。

医生容易被美化为白衣天使、工作超人。美国漫画中的超人,每每在危急时刻便成为红色斗篷与三角裤外穿的形象,一身紧身的蓝色衣裤,腰间束着黄皮带。他最强悍的能力是刀枪不入,防卫能力极为强大,现实中的武器几乎无法对其造成丝毫伤害。可医生再强悍,还是要睡觉休息的。说得再直白些,医生不过是具备专业知识的普通人。就连这点专业知识,有时也无法拯救人命于疾病,却要受到患者家属的诟病、谩骂、伤害,甚至有性命之虞。

喜欢看医疗美剧的人,都会对连轴转、高强度的医生们敬佩万分。长时间连续工作(往往超过24小时),的确是美国医学教育的一个特点。这种连轴式的住院医师培训,对提升医生能力与水平的确至关重要。可是,由此带来的医生疲劳,一直备受关注。如今,美国的住院医师,如果连续工作了16小时(无睡眠),必须强制休息5小时。

我没法找到中国医生的相关数据。显而易见的倒是,最能体现一个城市全年无休的最佳场所,便是上演生死的医院。有人曾说医生的工作是"365×24"、十足"白加黑",意思是说全年、全天候待命状态,不分黑夜白昼。由于患者病情的需要,几乎每个医生都有被从家里叫回医院的经历。有句玩笑话,"月黑风高,接到电话,抄起家伙,说走就走",说的正是医生这个职业的一大特点。

医生缺眠少觉,得不到良好的休息,会影响生活甚至出行安全,对医疗工作又有什么影响呢?还是前面那位Colin West医生,在2009年的一项研究中告诉人们,抑郁与疲劳会影响住院医师,使他们感觉到自己出现了医疗错误(medical error)。在对400余名内科住院医师的调查里,有39%的医生认为发生过一次自己可以感觉到的医疗错误。不过,请大家注意,"可以感觉到的医疗错误"并不一定造成严重后果,或酿成医疗事故,而是指医生自己认为处置或治疗用药可能不当。无论如何,医生疲劳与抑郁可能对患者的安全产生潜在的影响。而针对外科、妇产科住院医师的调查研究,也得出相似的结果。简言之,疲劳将增加医生犯错的概率。

重压让你发挥失常

2013年夏天,我负责为一台骨科手术进行麻醉。这台手术不可小觑。这是骨科脊柱手术中最大最复杂的一种,叫作脊柱侧弯矫形术。按照骨科医生的说法,属于"皇家级手术"。这台手术的骨科主刀医生,是一名年轻有为的副教授,专攻这一手术类型,已是个中翘楚。更重要的是,会有数位更高段位的专家进入手术室,实际观摩他的手术过程,最后对他的手术能力和技巧进行一个评分。这决定了他能否成为一个重要奖项的竞争者。

患者若想经历手术,首先要接受的是麻醉。我早早地被通知,这台手术将提前进行护理和麻醉准备,以便手术能提前开始,便于专家组考核。我及早抵达了那间我再熟悉不过的手术室,可等患者进入房间时,留给我充分麻醉的时间不多了。

患者是个17岁的男孩,声音轻缓,外表倒看不出多少紧张。即便连接好监护设备,各项指标也显示他没有十分紧张。麻醉诱导和气管插管毫无意外地顺利完成。可等到进行深静脉穿刺置管时,我带教的医生仿佛感受到了周遭的一丝压力,竟然没有顺利地完成置管。环顾手术室内,骨科的主刀医生已经就位,有条不紊地摆放着患者的脊柱CT片和其他照片。若是在平常,这位住院医师的基本功是完全合格的,各类操作也是从容不迫。今天,到底发生了什么呢?

按照手术室麻醉的"规矩",当住院医师在上级医生的监管下无法完成某项操作时,上级医生本人就要出场了。对于这种略有狼狈的场面,我并不陌生。毕竟,住院医师的操作经验和处理的病例数比自己少,遭遇失败的可能性显然也比自己高许多。

我更换上手术衣和无菌手套,准备进行穿刺操作时,专家组进来了。顿时,这间原本宽敞的手术间变得拥挤起来,六七位评委围拢着主刀医生,听他介绍这个手术的难点在哪里,自己又完成了多少例此类手术?听在耳里,手下的活自然也没停下来。咦?当我用注射器刺入右脖颈的血管位置时,竟然没有找到它。我再次通过解剖定位确定了穿刺点,再一次的穿刺试探,依然失败了。此时,我的上级医生,也就是李主任,进来了。他只是看了一眼,便戴上无菌手套并准备起来。他摆开架势,随后漂亮地完成了一例右锁骨下静脉穿刺置管。

上述的一切,就发生在短短的几分钟内。但若是平常,我"失手"的概率并不高。此时,到底发生了什么呢?我的主任,尽管嘴上没有多言,却在三五个动作后,快速准确地完成了静脉穿刺。如此一来,麻醉准备才算大致完成。若一直梗在此时的静脉穿刺上,这个患者正式开始手术的时间,想必又会延迟一点时间——或许是三五分钟,也可能是十几分钟。

说内心话,我不由得佩服主任。这并非只是单纯的临床技能,而是一种相对危机情势下的果断干脆处置。我无法猜度,当他抓起手套时的内心活动如何?我甚至不厚道地设想过,如果他也没有穿刺成功,又会如何?更可能的情况是,彼时的他,压根就没想过失败的可能性吧。

我曾读过一本书,叫作《学习之道》(*The Art of Learning*)。书名很励志,内容确极为精彩。书的作者是乔希·维茨金。他从9岁起便八次荣获全美象棋冠军,后来研习太极,竟连续21次获得全美太极冠军。

这两个领域的对抗性极为强烈,选手通常要在极大的压力下完成决赛并付诸实践。他认为,"在每一个领域,区分强者与弱者的标准很大程度上取决于在危急关头是否能够保持清醒的头脑,保持冷静,从容自如"。

读到这段话时,我不由得思忖这所发生的一切。住院医师或许是感受到了周围的环境压力,以致无法准确地进行原本熟悉的操作。我也可能感受到环境的压力,在失败的操作前无法立时决定下一步策略吧。

"那些高人一筹的人都是能将创造潜力发挥到极致的人……从容应对每天的学习过程的心理就如同他人梦想着在危机时分能体验最高潮瞬间的那种执着。"

我不免想起之前一周的一次临床考试,我是被考的对象。我所需要完成的项目,正是麻醉医生再熟悉不过的气管插管操作。当我进行操作时,两位考官反复说着:"平常怎么做的,现在就怎么做。"

显而易见,当某一项活动被赋予特殊的目的或动机时,完成它时的表现,很可能会出现显著的变化。换句话说,为了使自己的动作更标准或优雅,反而会让实际的表现更别扭难看。

重复性劳动

我为何做麻醉医生？我压根没有任何冠冕堂皇的理由，可以豪情陈述。在我被医科大学录取的那一刻，我就知道自己是一名麻醉系学生。就这样一晃十几年，完成五年医学本科学习，后续五年攻读博士研究生。

我曾听到一位医生对我说，我适合做内科医生。理由是，我观察仔细，思维比较好。我无言以对，因为我一入医科大学，学的就是麻醉学本科专业。在一本英文麻醉教材上，第一章有一段有趣的话。内容是这么说的："在这世界上，若你最喜欢的地方是手术室，那就成为一名外科医生；在一家医院，若你最喜欢的地方是手术室，那就成为一名麻醉医生。"我读了几遍，貌似没琢磨明白。作者解释道："麻醉是科学、医疗知识、操作技能的混合体，它充满变数，又十分有趣。想想看，你能穿着宽松的睡衣裤，听着音乐，与外科医生唠嗑聊天的同时，忙于处理你的患者，感觉如何？"这个描述，倒真是没有错。

起初，我把自己视作麻醉"菜鸟"，接受"魔鬼式训练"，每天晚间走出手术室时，都会摸出手机发条状态，以做提神解乏功效。在一位编辑朋友的建议下，开始写一个"医言医行"的小专栏。

按说，手术室里有大量可写的素材，只要你带着一双观察的眼睛。实情却是，当自己最初由一个"陌生人"逐渐入戏时，却有被周边工作人员与环境"同化"的可能性。你很难独立地以己之心去评判，而是逐渐习以为常，不再见怪不怪。另外一个原因是，每天工作辛忙异常，晨间六时半出门，晚间八点前后抵家。身处环境幽闭的手术室一整天，下班后只想着坐定安歇，难以凝神写出半个字来。

　　一些高年资的住院医师或主治医师告诉我，麻醉就是重复，每天都是重复劳动。我站在一旁悉心听着，可咂不出其中的味道。仔细回想下，我担任麻醉住院医师的临床病例数量的确不算多，与那些动辄完成了数千例麻醉的老医生而言，我只有虚心的份。重复，就是量的积累。我在数量上都没有达标，何谈质的飞跃？又怎么有底气说"麻醉就是重复"？

　　临床工作以医学理论为基础，又绝对基于动手操练。我猜，那些向我诉说"这个工作比较 boring"的医生们，其实都是在"假装"。在他们眼中平淡无奇的重复工作，于我这位"菜鸟"却是必经之途。麻醉无小事，尽管他们觉得是重复，可工作却非常仔细认真。他们总是在最关键的时候，看出问题的所在，经过三五妙招处理，患者才会更加安稳，麻醉质量亦提高不少。那看似蜻蜓点水的一拨呀，那一点一滴的经验分享呀，都是宝呀都是宝！

　　还有人曾说过，让一个普通人训练三五个月，就能上麻醉。这话我貌似听过很多遍，却觉得没半点道理可言。看上去简单的常规操作步骤，每一个参数的设定，每一个药物的计量，背后都有其客观的道理。普通人可以效仿这样去做，出错的概率可能并不会大。可没有基础理论的依托，只能很机械地模仿，而说不出任何道理来。隔行如隔山，时评家不是一怒发冲冠便笔伐口诛的，外科医生不是见血眼红就劈胸开腹的，麻醉医生也不是看着简单就能完全执掌的。

　　变化和不确定性是产生焦虑的重要原因。这句话我念叨了上百遍。对我这样的"菜鸟"而言，它对我的最好价值是，要踏实、踏实、再踏实。因此，在接下来的住院医师规培期间，我绝无半个可能去说"是重复劳动"的这种话。

鼓励或责备

每一名医学从业者都忘不了,当他们首次战战兢兢地走上手术台,第一次用手术刀划开患者的皮肤,抑或只是简单地穿刺一针,都能留下深刻乃至永难磨灭的痕迹。原因很简单,谁都有第一次嘛。不过,第一次有质量高低之分,有兴奋沮丧之隔,不同的体验又取决于你的带教老师。他的耐心或粗暴,足以成全或毁坏你的第一次。

医学生最开始总是青涩的理论派,即便背得出皮肤的分层,下针穿刺的角度,血管走行的解剖结构,可面对真实的患者时,还是会哆嗦紧张。要想成为身怀临床技能的实践派医生,只有练习(在上级医生指导与监督下)。幸运的医学生,遇到耐心和蔼喜欢讲解的老师,自然非常开心;不幸运的医学生,遇到动辄生气批评缺乏耐心的老师,真是毫无办法。

对此,我有深刻体会,好坏均有体会,真是冰火两重天。我刚开始接触患者,心惊胆战,虽然看过不少,但要真正上手,还是怕怕的。不过,老师倒是鼓励我胆子再大一些,只要手法与顺序正确,就大胆地进行下去。我尚记得2005年前后,我每天下班回来会兴奋地在电脑里记录当天所做的各种临床操作例数,成功几个,失败几个,有什么心得体会。

后来,我遇到有脾气的老师。当我正忙活于手头操作时,他愤然地说道:"都考上研究生了,就得严格要求自己,你这样做是不对的,重新来!"我有点懵!不过,他却没有向我演示如何才是正确的手法。我继续调整操作姿势,本着试错的心态希望他不会再次发怒。

我有一个同学,带教是个好脾气,大胆地让他进行血管穿刺,尽管已经失败了好几次。同学自己都显得没有耐心准备放弃了,带教却说继续穿再尝试下,只要没有对患者造成损伤。最后,同学穿刺成功。再后来,这件事常被同学津津乐道。理由很简单,是带教的鼓励与耐心促进了他的自我克服。

刚上临床的医学生,有一颗温热的心,生怕损害患者丝毫。他们通常不够狠,进而导致不够稳或准,反而使患者的不适增加。医生的成长需要代价,很多医生都是在多年的奋发中慢慢有为,憋着劲头地苦练,才逐渐崭露头角。

在美国圣路易斯学习时,我曾接待一位前来国内访学的教授(参见《我的精神导师,是个大怪物》),并聊起这个话题。和许多医生的观点一样,他认为美国的临床医学带教多是好脾气。当那些手下医生笨手笨脚哆哆嗦嗦的时候,带教老师从来不会露出丝毫的不耐心,转而以good、go ahead、great等常用口头语,默许并鼓励着那些有点焦头烂额、额头冒汗的年轻医生们。这位教授,曾向此地的一位有名望医生请教,对方的几点回答,让他甚为感慨。

首先,从穿上白大褂起,他就和我一样成为一名医生,我们同处一个社会阶层,做着同样的工作,我怎么可以去骂他呢?其次,我是他的带教老师,他的每一个操作动作或步骤,都有我的指导,都有我的痕迹。在他的从医履历上,我的名字将永远出现其中。因为,我是他的老师。再者,责备有效果吗?责备会让别人心情不好,让人不爽。如果是这样,为何不多去鼓励呢?

听上去颇有道理!医学可以认为是门科学,却必须经过人的头脑与双手来完成。这个过程便是一门手艺。手艺从简单的按部就班到成为艺术,需要多年的练习。真希望每一位临床带教者,都能以宽容鼓励的心态和方法,来调教手下的医生,让他们心情放松一些,气氛和悦一些!

医生的爱情

医生不过凡人耳。他们只是一群具有专业知识的普通人。穿上白大褂,成了医疗系统里的一个个零件;脱下白大褂,有着常人般的喜怒哀乐。

整体而言,医生是一群相对寡淡、理性的人,他们或许并不懂得什么才是最浪漫的表达方式,却可能更平实。因为工作的性质,他们或许无暇鲜衣怒马,却也实在。医生们绝不是办公室动物,他们穿梭于病房、门诊、手术室等地方,服务对象就是病患,自然不懂去谈大生意、搞销售,更像是一个手艺人的角儿。

而今,成了医生,却像是不知该如何浪漫一点了。所作所为,显得俗套极了。更何况,手术室的工作还没有完成,烛光晚餐是泡汤了,很可能去看场电影都要快午夜了。即便要去兜个风,却浑身酸软,实在不在状态。

在网络上,我看到不少的文章,作者都是医生或护士的家人。有的言辞激烈,坚决反对与医院里的人结婚成家。原因倒也简单。他们更像是奉献给了岗位,而不是家庭。压力山大的临床工作,紧张的医患关系,连周末都得查房,大半夜都可能被喊回病房,繁重的科研教学任务不一而足。

也有的人言辞恳切,直陈医生或护士之好。他们实在、体贴、理性,至少身边有个可免费咨询的专家呀。至少,一个大家庭里有一个医院里的人,就会减少许多惊惶。

或许,只有医院里的自己人,才懂得相互理解。医生的许多爱情,发生在医院里。或许,这与交际圈有关。有不少的医生、护士情侣/夫妻档,也有很多男女医生情侣/夫妻档。这也说明了,社交圈落的确影响着一个人的择偶选择。看看你的身旁,你的伴侣或许正与你一起工作。只是,你们还没有慢慢靠近或碰撞出火花,燃烧的时间点可能就在未来的不远处。

有人说,不哭不笑的医生才是好医生。我虽不支持这样的观点,现实却大抵如此。我唯独担心的是,这种乍看生冷的表情,不要被他们的爱人或家属所误解。也祈愿每一名医护工作人员,在下班的时候,在工作时间之外,多笑笑,多运动……体会家庭之乐,暂时忘却工作的烦恼。

所谓爱情,冷暖自知。祝愿天下有情人终成眷属,也祝愿所有的医生、护士们,在情人节这一天——不,应该是每一个工作日,都能安全顺利、准时下班,与家人或朋友好好聚聚!

如何给学生上课

我虽是一名医生，也算一名高校的教师。可将年份倒拨十年，我正如今天的他们一样，坐在教室里听讲。今天这群要听我授课的孩子们，得有多年轻呢？甫一抵达教室，我就迫不及待地问他们。果不其然，他们中有不少1995年或1996年出生的。作为一名80后，面对这群95后的学生，我很有责任感地认为自己老了。

站在讲台上，打量着学生。他们在教室内的分布，与十年前的我们别无二致。在不算宽敞的教室里，他们分散着坐。不过，好像并没有学生在看手机。有那么几个学生，喜欢坐在前排。他们的目光，一直凝视着你，仿佛就想从你这里获得更多的知识。他们很热情地参与我的任何提问，他们的答案也不会令你失望。毫无疑问，再过几个月，等我在临床上遇见这些学生时，那些坐在前排的几人，我肯定能第一眼辨识出来。

今天的课，是关于神经外科手术的麻醉，要上三节课，也就是120分钟。仔细想来，这可能算是我站在讲台上时间最长的一次。就算是正儿八经的学术报告，也大多在40分钟内解决。第一节课，我发现效果还不错，并没有人睡觉。可等到课间休息时，不少人所做的第一件事，就是立马将胳膊支在桌面上，开始睡觉。

这太可怕了。现在才是上午的9时，他们竟齐刷刷地趴着睡觉，没有人想着要站起来出去活动一下。第二节课开始了，我有点儿慌了。一来，教室太暖和了，热得有点烦躁；更重要的是，那些睡倒的家伙们，竟然还在梦乡。

我必须立马更换决策。首先,将教室里的暖空调关掉。其次,换个思路讲课。在按照大纲要求,将本节课所有知识点都覆盖完毕之后,我采用提问和复习的方法,带领他们将整本书里的许多概念串接起来。例如,教材上简要地写着"肌松药不通过血脑屏障",我随即提问"肌松药能否通过胎盘屏障"?

在此过程里,穿插讲述一例急诊全麻剖宫产的病例,随后讲到Apgar评分。再讲讲该评分的渊源,再谈谈外科学里的Whipple手术。再然后,谈谈年龄的划分,"新生儿、婴幼儿、学龄前儿童、青少年、成人、老年、高龄、超高龄的年龄划分是什么"。只用了这5分钟,就立马让睡倒的同学们从倦态里回归。通过不断的思维扩展和提问,学生再度被吸引。趁着一股放松的劲头,将本次课的后续内容一一讲述完毕。

就在我隔壁的教室,讲台上的老师,是位美女,所授的课是英语。我看见自己教室的一个学生蹬蹬蹬地跑过去问好,便好奇地多问了一句。没想到,这名男同学说:"这个老师好呀,因为给我们高分!"我释然了。

上课就是要重点突出,就得煞有其事地说"考试很可能考这个",学生才会更在乎。在学生阶段,能比较出不同层级的大概只有分数。只要你讲的内容,与考试关系密切,他们一定会在书本上勾勾画画。换句话说,你一定要用一种夸张的气势告诉他们:"同学们,这可是一道送分题呀!"他们才会从自己的世界里抬起头,看着你!

教学的过程就是自我学习和成长的过程。这是我第一次教授神经外科手术的麻醉。为了讲好这次课,我不但需要将《临床麻醉学》(第三版)里的这一章节仔细翻阅,还参照阅读了《现代麻醉学》(第四版)和《米勒麻醉学》(第七版)。从前到后,仔仔细细。为了这次课,我还硬生生地将《米勒麻醉学》撕开。从几千页的大部头里,将几十页的神经外科麻醉单独装订成册。若不是这次契机,我几乎不可能将神经外科手术的麻醉仔细阅读几遍。为了准备这次课,我还去查阅了不少的英文材料,甚至找到了一份专门供学生阅读的神经外科麻醉材料。

那份材料的第一行英语,大意是"神经外科麻醉是极为独特的,因为手术部位和麻醉药物作用的部位是同一个,也就是我们的脑"。下课时,我很感谢在座的学生,是他们给了我这样一次机会,让我去重新学习神经外科手术的麻醉。这可能正是教学相长。这不禁让我想起,李笑来的一个观点,也就是"反向塑造",他在微信公众号里这样写道:

> 人们普遍认为,在教育行业里,是老师在塑造学生……曾经长期从事教师职业的我,却更多的时候看到一个反过来的现象——很多的时候,其实是那些学生在塑造老师。

想起不久前的某个傍晚,我前往图书馆的顶楼,参加一项教学活动观摩。图书馆所在的这座大楼,在十几年前还是相当有设计感的。那时,上海的天还很蓝,光线映照在玻璃幕墙上,煞是好看。在15层的智慧教室里,将有来自三所医院的十位医生,通过汇报自己诊治的真实病例,来展现其专业水平。毫无疑问的是,这些医生的临床水平都是高超的。不过,鉴于来自不同的科室,若只从各自的病例出发,难分伯仲。若是从观众的角度,抱着赏析的目的来瞧,那显然有了高下之分。

参赛的很多老师,都是工作上的同事,从病床边到讲台上,说话的口气乃至举手投足,都映衬着各自的特点。有一位年长一级的师兄,开了头炮,思路清楚明晰,一如当年给我们辅导心电图一般。还有两位来自另一所附属医院的老师,她们曾带教过我的实习,指导过我写病例。多年后再见,讲台上的风格不曾有太多变化。这大概正是个体特质的反映,并不会因着时间的流逝而改变。

幻灯片风格,倒是另外一个可以被说道的地方。印象比较深刻的，是一位血液科大夫。她照着自己的幻灯，通篇朗读，满屏幕的都是文字。既看不见机巧的页面设计，也没有关键的配图说明，直惹得评委主席提醒她注意时间。果不其然，在八分钟结束之时，她的确没有讲完。

不过，上讲台给医学本科生讲课，本身是光荣的。这意味着，你是大学讲台上的一名老师，是一所高等学府的老师。而从实际一点的角度，在讲台上为学生讲课，难度要比参加会议进行学术汇报难很多。这就要求自身将准确的基本和重点内容传达给学生，还要调动一切要素来保证学生的学习效果。至少，没有学生睡觉，就算合格了。

如此想来，不免紧张了，下个月我要给学生上两次课……

开春上课记

盼望着,盼望着,东风来了,走上讲台的脚步近了。

迈着轻快的步子,却是满腹内心急躁,就连林荫道上粉白的樱花都没多看几眼。冒着雨撑伞而行,我哪有功夫抬头去瞧呀。再说,我的胳膊还夹着一本厚实的第八版《外科学》教材呢。

进了教室一瞧,一溜烟的藏青颜色,"一小撮"女生占据前面几排,大批量的男生乌压压地布满了阶梯教室的每个角落,有的挨坐,有的散开。我一眼就瞥见学生们的聪明劲儿。那厚重的《外科学》教材,已被他们肢解成了三五份。

我今天要讲的"麻醉"章节,从这本教材的第40页算起,直到第77页结束。此后的90分钟,被分成上下两节课,每节课40分钟,中途休息10分钟。

我还在纳闷为何上课铃不响时,一名学生提醒我:老师,这个铃铛有时不准,你上课便是。既然如此,那就开坛喷唾沫星子吧。

先从麻醉的历史说起,自然免不了anesthesia这个单词。作为一名标准的教师,板书是必要的。在我说出这个单词的时候,我应该潇洒地转身,抓起粉笔写下第一行板书anesthesia。可是,许久没有沉浸在讲课里的我,竟然把这一趴忘记了。

于是,我开始讲述华佗的麻沸散,又顺道说了美国的乙醚麻醉。看着台下学生们没有要睡觉或玩手机的意思,那就继续开练。恰好,之前我读了一本书,叫作《可卡因传奇》。我就现学现卖起来:在那并不久远的19世纪,化学成了一门显学。在18世纪的时候,植物学则是一门显学。在你们这帮95后出生前后,计算机科学逐渐成为一门显学。

要在90分钟时间内,将麻醉这门学问说清楚,并不是一件容易的事。印刷在书本上的三十几页教材,字字珠玑,却又无法言透,像是点到为止,又似雾里看花。当学生们一边看着我手舞足蹈,一边翻看教材准备勾画重点时,我很郑重地提醒了他们一下。

"你们的教材呀,是存量知识。它们清楚无误地印刷在那里。在课堂上,你就坠入老师的言语中,随着思维起舞一番,等课后了再看教材去吧。"

等到了课间休息,我却被吓了一跳。大家齐刷刷地趴在桌子上,一动不动。难道,我这堂课自带麻醉催眠效果吗?突然间,我的目光穿越十五年的时光,回到2003年的课堂上。那时,我也睡觉吗?

我好像没有睡,我一直在看报纸和杂志。这些课间呼呼大睡的同学,可比我当年好多了。因为,我在课堂上也会看杂志。我问,你们困吗?没人理我,因为他们继续趴着睡。

两个可爱的同学,解除了我的尴尬。一个女生瞧着我问,老师,一个ASA1级的患者,突然感冒了,应该评几级?对于学生的发问,要勇敢问回去,你觉得应该评几级?我的眼神直勾勾的,她说明白了。

一个男生也上来了,他托着自己的双侧下颌,非得向我炫耀。老师,我这样托下颌的方法,对吗?我说,那样可不美,要抓住重点,托下颌角。他继续给自己托着下颌,仿佛得到了要领。我想,他一定会成为某日拯救路人免于"气道梗阻"的大侠的。

站上讲台,让同学们屁股稳稳地坐在凳子上,还要撑着眼皮听老师授课,有时挺难熬的。我也曾是医学院的学生,能清楚地判断出哪位老师更风趣幽默,哪位老师照本宣科,哪位老师搞笑幽默,哪位老师一本正经。

眼下,当我在课间走下讲台,我特别想和他们有更多的交流,就像当年的老校长问我们是不是每天洗澡,吃得好不好一样。我问,你们几点睡呀？几个冒尖的声音里，有晚上十点，有凌晨的。有一个，还说凌晨两点。

我说，我怎么一点都不犯困呢。几个学生齐刷刷地说，老师你老了，年龄大了就睡不着了。哎！如果我是咆哮派的老师，我一定怒不可遏地将他拎到讲台，让他写满一黑板的anesthesia。

谁让咱是儒雅派的呢。儒雅二字，可是学校负责教学监督的一位老师，在课后对我的点评。随后的课堂上，我装作语重心长地说，咱们每个人坐在这里，都过着一样的时间，可实际上却十分不同。有的人，将一小时活成了三四个小时。有的人，把一小时活成了慢速人生。时间虽然等量，成效截然不同。

两节课的时间太短，我还没识记几张面孔，下课铃就响起了。与过去不同，眼下的老师都只负责一整本教材里的某个章节，很难有良好的师承。走上讲台授课，更像是一件工作。而自己，就是他们大学里上百位老师中的一个。

我也不是没有想法。比如，自己是不是某几句话，就可能让角落里的一个学生，幡然彻悟一般，对某个专业产生了浓郁的兴趣。多年之后，当学生小有建树时，会感谢当年开春的一堂课呢。

还是先不做美梦了。等还有两分钟快下课时，恰好讲完，总结本节课的重点和难点。等下课铃响起，我说："同学们，我走了，准备去做麻醉了。"

Sorry Works？！

2014年，我开始参与心脏手术的麻醉，它对医生的操作技术与管理水平有很高的要求。不过，这些患者每天进手术室后的第一道门槛——打静脉针，一般是由护士完成的，但心脏手术比较特殊，需要麻醉医生亲自上阵。

遗憾的是，这项貌似简单的操作，却成了我的弱项——练习的机会并不多。我经常像手术室里初来乍到的实习生，第一针往往扎不进去。患者手上白挨了一针，我内心也惶恐了一分。我只好按住出血点，与患者交谈几句，然后再尝试一次。说的第一句话，往往是对不起。

第一次说对不起，是一种蛮奇怪的感觉。因为当你以医者的身份自居时，往往将各种临床操作或处理视为合情合理的，即便不良事件无法避免，你也认为这处于被允许的范围。对患者而言，扎针的短暂刺痛、扎针的次数，却都历历在心。

我没法评估，我的一句"对不起"在患者心里留下何种印象。但在那个时刻，我觉得向患者道歉，说对不起是合情合理的做法。换言之，这是一种主动沟通的行为，主动表明自己的操作失误不当对患者造成了不适或伤害。这种"提前示弱"，是对自己失误的一种愧疚，也让患者感受到一种关切。

在美国社会学家尔文·戈夫曼看来，一个道歉至少包含了两层意思：一是对自己冒犯别人的负罪感；二是对背离正确行为、违反社会规则的反思。对我而言，我为自己没能"一针见血"，对患者造成了不适而感到内疚；再者，我也在练习中反思自己的技术与手法，以期无需对下一个患者说"对不起"。

在眼下当责文化时代——只要有错，必有问责，医生最难说出口的词很可能是"对不起"。因为随之而来的，很可能是医疗纠纷，法庭上见。有研究却发现，医疗差错或不良事件发生后，如果主动公布而非掩饰，有助于争端的更好解决。"公开事情真相并主动道歉的做法不但没有导致出现更多的法律诉讼，反而减少了患者的诉讼量，并且处理诉讼索赔事件的时间也比以往大为缩短。"

有一个组织，叫Sorry Works，旨在告诉医疗工作者"道歉有用"。它的建立者是一位叫作Doug Wojcieszak的咨询师，他通过分析大量医疗官司发现，患者及家属之所以打官司，很多时候并非为了赔偿钱财，而是出于愤怒。愤怒的骤起，则是医疗差错或不良事件发生后，医护人员没有积极负责地与患者沟通，而用基于自我保护的说辞来搪塞患者。

2004年，在WHO组织的世界患者安全联盟项目启动仪式上，英国首席医疗官利亚姆·唐纳森的一句话发人深省，"人人都会犯错误，但掩盖错误不可原谅"。在美国医疗界，"道歉运动"正在开展。不少州在考虑通过"道歉"法案，以支持医务人员的道歉行为。有些州甚至规定，对于预料不到的手术结果，医生可以"安全地"向患者道歉或表示同情，不用担心这些行为会成为未来的法庭证据。在国内，尽管眼下少见鼓励医生道歉的文化或举措，但学会道歉，将是医生的一门必修课。

感谢恐慌

医生的本领,是治病救人。如果有人说,你这些本领,怎么看都不对路……你会怎么想?

不服气,显然不服气。在临床工作中,总会遇到万分危急的时刻,也眼瞅着有些患者在自己或团队的努力下转危为安。这总不能被否定吧。

"你有没想过,这些患者能活过来,不一定是你的功劳呢?"老师继续说。

"怎么可能呢?"我有些疑惑!

"换个说法吧。你救活了患者,可你是怎么救的?有章法吗?"老师启发地问。

我一时没法回答了。

救人的危急时刻,时间宝贵,分秒必夺……我的脑海回想起某些胸外按压的画面,一支支肾上腺素在注射,只为将患者从鬼门关上拉回来。众人齐拥而上,急急忙忙,像是在子弹横飞的战场,又像是在喷发的火山脚下。

"嗯,好像是蛮慌乱的!"我讪讪地承认。

"好了,同学!这两天的课程,好好学习并全部通过,保证你改头换面!"老师说。

"真的吗?"我狐疑地问。

"咱们走着瞧!"老师说完,随后开始了两天的"高级心血管生命支持"课程。

这个课程的确"高级",四位授课老师、一位督导、两位助教,在两天时间的全部课程,就是为了培训六名医生。

我是这六名医生之一,其他几人里,有的是麻醉同事,有的是急诊科医生。毫无疑问,我们时刻都要与患者的生命体征打交道,是紧急或即刻调整患者状态的一种医生。

当患者发生急遽的变化时,比如心脏乱跳了,心脏不跳了,没有呼吸了,丧失意识了……这每一种变化,都需要我们即刻反应,不可分秒延搁。

在教室的前方,有一具模拟人。在这两天里,眼前的这具模拟人经历了数十种鬼门关。它能模拟各种各样的变化,既有心律,也有脉搏,还能直接电击。即便是给予药物,也要剂量准确,否则你真救不了他。

我们六名医生组成一个救治小组各司其职,用新学到的知识体系和救助模式,将它按压了上千次,给予了几十次电击和药物处理,一次次将它从死亡线上拉回来。

学习的第二天,我第一个担任组长,组织抢救。当时,我并没有进入状态。等模拟人出现了室速且血压不稳时,我一下子慌了神。在那一刻,大脑像突然被抽空了一般,呆若木鸡。

那一刻,我说了一句羞耻到这辈子绝不说第二次的话:"老师,我状态不好,能暂停一下,换个人吗?"

老师们毫无反应,像是没有听见。转眼再瞧模拟人,已是室颤状态,必须立即予以胸外按压和电除颤了。

在那一刻的恐慌过后,在绝对没有退路之时,立即组织其他组员,开始了抢救。L医生,管理静脉通路和复苏药物,W医生负责电除颤,C医生负责气道,Y医师负责胸外按压,Z医生负责记录和提醒……

在轮换了三次电击,数百下按压,尝试了肾上腺素和胺碘酮后,模拟人的自主循环终于恢复,后续便是高级气道管理和治疗性低体温。

等这一轮抢救完成后,我像是真的经历了一次病床前的生死时速。我当时那一刻的慌乱,若是发生在真实的病床前,甚至演变成丢盔卸甲似的逃跑,我真的可以脱掉白大褂,远离这个救人的白衣身份了。

得承认,那个慌乱让我受益很大。若没这慌乱,我的内心不会遭遇危机。若没这慌乱,我或许自我感觉良好,感觉救人技能满满;若没这慌乱,我的变化——真正的变化——将不会到来。

老师说:"模拟训练的目的,就是让你们忘却自己临床的那套经验。"很多时候,我们自以为"那套经验"是有效的,甚至当作绝技似的奉若神明。

"训练的目的,就是让你们按照正规的流程来。指南并不是白写的。"的确,根据万千心搏骤停患者总结得到的救人心法,每一条都不是平白无故写出来的。

几年前,当《2015AHA心肺复苏和心血管急救指南更新》发布时,我曾制作过一份解读的幻灯。我曾以为,自己已经掌握了这指南的所有内容。在经过了两天培训后,才发觉自己是多么小白,多么肤浅地纸上谈兵。

说白了,救人这事,光读指南没用。那两天的培训,亲身参与模拟培训之中,在一次次的演练过程里,将救治流程内化为自己的思维和心智,给自己加成,才有可能转化为切实、理性并有效的救人行动!

谢谢老师们的这堂精彩难忘的课。未来的我,一定感谢今天你们的言手相传!

让效率加倍的"坏"方法

周末,在家用笔记本电脑。电池电量提示,57%,还能支撑四五个小时。可是,有不少工作要在电脑上完成。

修改文章,制作表格,整理材料,回复邮件……如果再刷刷网页,点个视频,这点儿电量,能做些什么呢?如果回医院的办公室,专门去取电源线,来去之间,也耗费不少时间。可如果不去医院,我该怎么利用这仅有的57%电量呢?

心中一惊!

面对这仅有的电量,面对这限定的可用时间,只能开动脑筋做减法。与工作毫无关联的网页,绝对不点击。至于任何网络视频,更是不可能闪动。为了防止电池耗光导致的工作中断,先把几份重要文档拷贝到U盘内,以免关键时刻掉链子——想用都无法拷贝出来。

在几项要完成的工作里,仔细地筛选比较一下,挑了最紧要的一桩。脑子里想好了开干的方法,打开电脑后直接上手。面对限定的时间,面对电脑终究会熄灭的窘迫现实,不由得专注起来,效率自然也高了。等顺当完成那最紧要的一桩后,突然就松了一口气,然后赶紧合上电脑。就这样,反复了好几回,几件重要的事儿都顺利了结。这还不算完,趁着电量还剩余27%,打开电脑还写了一篇微信公众号文章。

最终,电脑电量剩余为17%。

嘘叹一口气,心里不禁乐了。若是放在以往,面对30%以下的电量时,我可能早就把电源线插上去。反正有持续的电源供给,怕什么。

这一次,当面对这仅有的电量资源时,不得不谋划点什么。改变策略,重新配置资源,成为最紧要的一件事。

从最终的结果看,自己竟也顺当地完成了任务,损耗在电脑上的那些"暗时间",也减少了许多。

限定时间,限定资源,的确不是我们所乐见的情况。不过,提高自身工作效率的方法,也正是种种限定、逼仄所营造的。

一杯水的价值只有在最干渴的时候最珍贵。每一滴水,都是甘甜的,都不能被浪费。在电脑上花费的时间少了,注意力资源便会合理地转移。用于其他事儿的有效时间,显著地增多。这大约又是一桩副受益。转念想!有时,我们所拥有的资源,其实并不稀少。我们所稀缺的,大约是有效利用资源的方式。这就像是,当你知道自己真的要死时,才会发觉生的价值。也只有盲人,才能感喟"假如给我三天光明"。

你的时间都去哪了?有的人,用一生的时间,活出两生的味道;有的人,则是空有大好的光阴,却以低于自己一半的效率在蹉跎。相较下来,真是天上地下。

岁月漫长!让自己的时间,犹如水晶般晶莹匀称,便能璀璨闪光。没有模糊之处,也无禁区,处处满溢生命的荣光!

我的精神导师，是个大怪物

2010年，我正在美国留学。那时，有一位国内的老师，来到我所在的大学短暂访学。他语速很快，人也热情。不过，他又显得特别不一样，甚至有点儿怪。

首先，他出国的目的绝对不是游玩，而是泡在大学图书馆，"窃取"优质图书馆的优质资源。简单点说，他无论前往哪座城市，只看旅馆位置，不问旅馆价格。这位置怎么选呢？答案是，只要靠近大学，其他一切好谈。为什么这么选呢？

原来，住得离学校近，他就能以最快的步行速度抵达图书馆。他只带一个U盘，再泡一大杯茶水，就能将图书馆的板凳坐穿，直到图书馆关门时间为止。你看怪不怪！

他热爱学习，有点偏执那种！我那会儿刚学会开车，周末便带着他在城市里晃悠。参观当地最著名的景点时，他偏要关注的是地心引力和沉降对那幢建筑的影响。

即便前往另外一所大学欣赏秋色，他也要语出惊人，"要是我，就拿一本书，坐在这里看一天"。你看怪不怪！不好好地下车撒尿拍照，光琢磨绕脑子的！真真的怎么得了！

他曾说，"没什么，就是爱好学习吧"。简洁，爽朗。这样的毫无遮拦，霸气中带着平易近人。

我想，作为一项爱好，它怎么能是"学习"呢？可以爱好美食、看电影、拍照、麻将、发呆、聊QQ、发微信，但你怎么可以爱好学习呢？学习就是学习，有什么好爱好的呢？

可他不，就是爱好学习。就是爱好钻研，爱好读书，爱好一切美好的知识，就是看着它们心痒，就是想占为己有，将它们一网兜打捞而起，填塞入已经硕大的脑袋。他以学习为乐，从不忌讳时间与地点。

等他回国了，我开始想他了。我就坐下来想，爱好就是学习，到底是一种怎样的境界。我琢磨了半天，想明白了一点儿东西。

他的爱好看上去有点别致，可又透着令人惊叹的味道。最重要的是，数年一日的坚持自己的别致爱好，最后成为别致的人！乍看之下，貌似难以理解，但坚持的年份久了，就固化为一种内在习惯，成为工作生活的天然动力一般。爱好成为他的行事准则与身份标识！

有人说，兴趣是一种心理倾向，爱好是一种行为的积极表现，而习惯则成为生活中的"自然"行为。

每一个人，兴趣总是广泛的，诸如美食、金钱、异性；既有陶冶情操的，又有不可告人的；爱好则大多积极，否则那是嗜好；习惯总是又好又坏，成为生活惯例。

从那时到现在，在我的精神导师系列里，他是很重要的一位。他将学习作为一种内生的爱好，并一以贯之地在任何时刻予以执行，这本事已是一件瑰玮的事情了。

我也想这样，也努力去这样做，甚至是没有任何功利心态地去学习与经历。时间是最好的朋友。时间所积聚与锁定的，或许不只是工作中的那一部分。

等经年累月过后，我要转身瞅瞅自己。要去看看自己，都积聚了什么。

让滴答流逝的时间，见证我们彼此的学习历程吧！

第二篇

病床观察

请让我相信他会好起来

ICU，中文叫加强治疗病房，专门收治医院里最危重的患者。前些日子，有一位肠道手术后突发呼吸衰竭的患者送来，在ICU又可能发生了脑卒中。在查房时，患者便表现出气急、喘息样。只消看两眼就知道，老先生需气管插管可能性极大。可是，当与其女儿谈话时，对方仍对各类操作心存抗拒，显得犹豫，想与家人再度商讨后决定。

没成想，午后两时，值班医生便站在患者床头为其进行气管插管了。插管过后，患者的氧饱和度由48%逐渐回升到95%。女儿似乎终于意识到问题的严重性。与她签署了各种协议或告知，诸如病危告知等。自始至终，女儿面色沉重。

向家属告知病情，是ICU医生每天都要做的事情。我无法说清，谈话艺术的高明与否，对患者或家属的心理产生何种影响。实情倒是，做医生绝不仅仅是一门关乎医术的技术活，它也需要你成为一名高明的谈判专家，既向患者表明治疗的利害关系，又让他们明白病情的严重性。要不然，下一则网络爆出的医生被袭击新闻的主角，很可能便是你。总之，各式各样的医疗文书与签字，绝非是为医生开脱，而是社会实情所迫。

我当天是24小时班，我每每查看患者时，就看到这女儿穿着隔离衣，坐在父亲的一侧。她并没有特别的神情，依然脸色沉重。她说，他的父亲胆子小，怕陌生的环境。当有家人在身边或说话的时候，他便表现得活跃；当没有家人在的时候，就变得焦躁起来。

整个晚上，我会巡视病房几圈。到这位重点患者床前的时间会更多一些。我长久地盯着监护仪，那上面显示出一串串跳跃的曲线与变化的数字，它们正标示着患者眼下的生理状态。心电图是规整的，心跳每分钟105次，有一些偏快；氧饱和度曲线稳定，在96%上下。血压也可以接受，维持在115/65毫米汞柱上下。

我想，床上躺着的这位老者，在我和他女儿的眼里，肯定是大有区别。女儿或许已经做了最坏的打算。几小时前，她便打电话给各兄弟与亲戚，他们都来过ICU，一个接一个地前往病床前探望，有的抹着眼泪，像是即将要告别了。而眼下的夜晚，病房的灯光变暗，她便一直坐在那黑暗里，一直握着父亲的手，偶尔抬头看看监护仪上的数字与曲线。

她都在想些什么呢？我没法完全猜透，但完全能够理解她。著名的台湾小说家侯文咏，曾经转发了一位朋友在父亲病榻时发给他的信："我们无法增加亲人生命的长度，却可以增加陪伴亲人的密度，原本一天和爸妈谈心一小时，现在增加为两小时，不就等于让生命延长一倍了吗？"此时此刻，患者女儿便是在增加陪伴亲人的密度，并希冀用自己的坚守能让危重的父亲回转。

ICU的好几名医生，都觉得这位老者没戏。他的四个器官，正次第发生着衰竭。先是肺脏，接着是肾脏，还有肠道，然后是心脏。对了，还可能存在脑卒中。在危重病学界，人们早已有的共识是衰竭器官的数量越多，存活的希望便越小。如果非要用评分来判断，他的死亡风险在40%～70%。

我刚来ICU，总觉得他有生的希望。毕竟，当我早上查看患者时，当他从镇静里醒来，一直摇动着左臂。我上前与其说话，并嘱他点头。他浑浊的眼睛看到了我，也听到了我，并做出了点头的动作。我希望他能活下来，也让我相信ICU的确可以拯救那些处于生死边缘的人们。

（注：在ICU反复进出和治疗近两个月后，这位老者顺利出院。真好！）

"二进宫"后的生死迷局

昨天早晨去到ICU,就听说几名值班医生折腾了一晚上,几乎没怎么休息好。原因是,有一个"二进宫"。《二进宫》本来是一出京剧,现在倒常被用来指再次出入某个场所。一般地说,这些场所名声都不太好,比如监狱或警局。可当"二进宫"发生在医院时,这个"宫",指代的就是手术室。也就是说,原本安全返回病房的手术后患者,需要再次进行手术。而两次手术的间隔比较短,大多在几个小时。导致再次接受手术的原因很多,最主要的是出血。那些需要"二进宫"的手术,大多都是重大手术:需要动刀的脏器更多,解剖关系也更复杂,对外科医生的要求也更高,手术的风险自然也更大。

这一例"二进宫"的患者,年过五旬。若仅从年龄上来说,他的确不算老,看上去也很年轻。不过,他所罹患的疾病很严重,是胰腺癌。这种疾病素有癌中之王的称号,恶性程度较高,而且较难被发现。患者在接受手术时,肿瘤已向附近器官侵犯,比如肾上腺以及某根与腹主动脉相连的血管。也就是说,为了尽可能多地切除肿瘤组织,医生不得不冒极大的风险将胰腺、脾脏、十二指肠、肾上腺及部分胃切除。此外,医生还为他更换了一段血管。

原本,在历时近5个小时手术后,患者安全返回了ICU病房。两个小时后,医生也顺利为他拔除了气管导管,生命体征非常稳定。没想到,又过了两个多小时,患者血压便急转而下,他的腹腔引流管里涌出的血性颜色液体容量增多。值班医生很快判断出存在腹腔内出血,便联系了麻醉科手术室,进行"二进宫"手术。手术过程里,患者出血量极大，光是用血便接近一万毫升。连接腹主动脉的一根动脉血管，持续不断地涌出鲜血。也就是说，这根原本吻合完好的血管，在手术后几小时，突然间又裂开了一个缝隙。原本完美的一台高难度手术，因为这个残缺变得没有意义了。

当我一早前来上班时，患者脸色惨白，瞳孔散大，他流了太多的血。患者的女儿急切地跑来，最先问我们的是，他还能醒来吗？我们摇摇头，"没有可能性了，血压都很难维持住"。

"那他还能支撑多久？"她急切地问。

"这个……我们没法给你准确的答案。可能几小时，也可能很快……"医生的答案显得模棱两可，似乎无法让她满意。

"那心跳能维持得住吗？"她继续问。

或许，在每个普通人眼里，脉搏上能感受到的跳动，就是依然活着的证明。如果心脏还在跳动，那便是一颗滚烫的心。有心的人，都会感受到别人的。她径直去到父亲床前，一边哭着，一边说："爸爸，你要再坚持一会，他们都在从国外赶回来，你一定要再看他们一眼呀。"

我就站在她附近，当她喊出上面这句话时，我不由得心头一紧，一种复杂的情绪正在眼睛里凝聚。我只得转了身，去查看其他床位的患者，却又生怕漏掉什么，只在三五米开外，装作翻看病历。

几分钟后，又与其他家属碰了面，谈了病情，他们的意见是决不放弃。一名医生后来对我说："如果决不放弃，那就只能希望奇迹的出现了。"是呀，我也希望奇迹能够出现，希望他停止流血，血压逐渐回升，脸色由苍白转为红润，最后会睁开眼睛，认出身边的家人，微笑着与在国外工作很少回来的孩子们说话。可是，现在的他，血压只有 70/20 mmHg 的水平，我们已经使用很大剂量的药物来维持血压，他的脸色极度苍白，腹腔引流管还在持续不断地引出血性液体……真的没有希望了。

我想，家属并不放弃，很可能是因为患者太过年轻的关系。眼下，他们无法相信并接受这样残酷的现实。昨天还握着你的手说不要担心，今天就再也无法醒来。短短不到24小时，境遇结局迥然，换作你我，也无法接受。

台湾著名作家侯文咏，曾是麻醉医生。他在微博里写道："我曾经在医疗生涯中送走四五百个患者，人到了最后，放不下的不会是名利，而是关系，这些关系像阳光空气水，太切身了、太轻易了，却被我们放弃掉。我当然相信人与人关系中，最真挚的灵魂拥抱。"

对这位中年男人而言，还有那么多段值得展开的关系，那么多真挚的灵魂拥抱还未到来，一个硬生生的休止符就此画上。而他的儿女最难舍的，也正是那一段段有待展开的关系。这些关系，维系着日常生活里的大小事儿，是个体生活经验里最细碎真实，最珍贵难得的生命记忆。如今，一场没有预料到的结局，把一切都打碎了。

马斯洛是美国心理学家，他曾提出一个著名的"需求层次理论"，将人的需求划分为五个层次，由低到高分别是生理需求、安全需求、情感需求、尊重需求与自我实现需求。人，作为一种有感情的动物，最先需要满足的是生理与安全需求，这其中包含着吃穿住，自然也包括通过医疗保证自身生命的安全。眼下，这位患者的生理与安全需求，几乎无法被保证。而他的家人还在期待着，期待着情感上的互动，去相互地感受，期待着更高层次的相互满足。可是，几乎没有办法来拯救他了。

都说ICU是瞬息万变之地。没过半小时，家属再次来到办公室，他们决定放弃治疗，将患者接回老家去。如果用医疗词汇来表述的话，这叫作"自动出院"。在中国的很多地方，都有叶落归根的说法。当治疗无望时，他们不希望客死他乡，不希望生命里最后的心跳是在医院结束的，他们一定要回到家乡故土，一定要完整地回家。

我们为其开出了出院医嘱。患者的家乡离此地千里，即便救护车嘶吼着一路绿灯，想必也要七八个小时。我们将三四种维持血压的药物，配置到静脉液体里，并调整好滴速，以维持他的血压与心跳。

他的妻子与儿女,则站在病床前,为他擦拭着身体,穿上前来医院时的衬衫与西裤。最后,家人将红色的毛毯铺展在移动床上,希望能为他保留生命最后的温暖。

就这样,我们看着他离开了ICU。就这样,午后的ICU又恢复了往常的忙碌。他所住的病床,很快便被收拾妥当,就像他从没入住过一样。我坐在办公室,不用想象便知道他离开ICU后会发生什么。于我内心而言,我看到了一些什么,它们真切地发生在我工作的ICU。可是,我依然有太多的没看到,我无法全然清楚他的家人正经历着怎样的波折与痛苦。我只有写下来,让更多的人读到看到,就仿佛我们亲历过一样。

健康，没那么简单

几年前，我在手术室遇到这样一个病例。一位躺在手术台上的老先生，六十五岁上下，瘦骨嶙峋。我一边准备麻醉药物，一边询问其身高、体重。他说，自己大概只有90斤了，生病前还有一百多斤。我噢了一声，心里计算着用药剂量，思考如何调整麻醉方案。

体重减轻，是不少癌症的共同特征。癌细胞的疯狂增殖，需要消耗大量的营养物质与能量，癌细胞还会影响人的食欲、免疫力等，人体的表现就是愈发消瘦，体重减轻。这位老先生，患的是胃癌。按照《中国卫生统计年鉴》的数据，1982—2010年，中国城市和农村居民的主要死亡原因均为恶性肿瘤、脑血管疾病、心脏疾病、呼吸系统疾病、损伤和中毒。在恶性肿瘤里，排在头三位的是肺癌、肝癌与胃癌。

他躺在手术床上，与护士交谈时，并不睁开眼睛瞅瞅周围的环境。他即将接受的手术叫作胃癌根治术。简单点说，这种"根治术"就是将原发病灶及旁根侧枝连带拔起，全部清扫而空。按照外科医生的说法，是将"原发肿瘤连同转移淋巴结及受累浸润的组织一并被切除，无肿瘤残存，从而有可能治愈的手术"。

手术开始了！电刀在患者皮肤上滋滋地发出声响，皮肉、组织在烧灼之下散发出焦糊的气味，飘散在空气里。当腹腔打开后，外科医生将手在肚子里摸了几下，说道："转移了，腹腔里都是，你看这些淋巴结，太晚了！"

很有可能的一种状况是，外科医生们再也无能为力帮上哪怕一丁点忙。即便尽可能去切除肿瘤，也不可能将肿瘤清除干净。这意味着,即便施行手术,对这位患者的帮助价值,也不一定大。对我而言,当时最紧要的事情,就是减浅麻醉,让患者尽早苏醒过来。打个比方说,这台手术犹如原本是两个半小时的空中飞行。现在,当飞机才起飞三十分钟,就被要求紧急着陆。

另外一位更权威的外科教授,也走上了手术台。他像是"终结者"一样,做出最后判断:去和患者家属谈一下,这个手术开刀已经没有意义了。此时,一名下级医生脱去手术衣和手套,去和家属谈话并告知病情。

这位来自西北某省的患者,之所以前来上海治疗,正是因为女儿在上海工作。2个月前,老先生感觉上腹隐痛不适,遂来上海检查。当时胃镜报告结果提示,某类型胃癌伴局部坏死,然后在一家医院接受了两个疗程的化疗。后来,又到我们医院就诊,于是才有了这台手术。但是,在手术之前,女儿口口声声说:"得的是坏死,不是什么癌。"医生告诉她是癌症后,对方仍一副淡定表情,以为这不是什么大病。更何况,老先生接受两次化疗,女儿也只是说"治疗坏死"。那么,她究竟知不知道什么是癌症?答案是,不知道!

听完大致的描述后,我亦惊诧!这世界真有不知道癌症为何物的人吗?我无法获知更多的病情细节,只能揣测他们对病情的忽视。十几分钟后,患者的腹部缝合完毕,老先生随后也从麻醉中苏醒过来。按照我们"圈内人"的说法,这是一种open-close手术——就像一件皮夹克的拉链一般,我们只是拉下拉链看了下究竟,又把拉链拉了上去。

对于健康或养生,每个人都有自己独到的见解,甚至发展出自己独有的生活、运动方式,比如撞墙或倒着走,人们相信某种饮食或运动方式有助于保持自身的健康。可是,健康真的是来之不易。上面这个例子中,子女对癌症这种疾病有无听闻,实在有待弄清楚。可是,按照一个大学毕业后工作的女儿知识范围,癌症总是能听说的吧!生病时,对疾病恰当、正确的认识本身,就是一桩十足重要的事情。如果能更及时地前往医院就诊,或许就是另一番光景。不生病时,如何能持续地保持身体健康,又是一个重要话题。我总是在书店里看到诸如《健康最简单》之类的养生书,宣称只要按照书中的步骤,就能过上无病一身轻松的健康生活。

健康,从来都不简单。个体生命呱呱坠地,及至健康成长,最后进入耄耋之年,老有所终的过程,是这世间最伟大神奇的事件一桩。能活着,并健康地活着,最不简单!就像班·薛武德在《哇!救命书》中所言,每个人都是幸存者。幸存者就是,"任何面对不幸、困难、疾病、生理或心理上的伤害,并战胜它们的人"。

每一个疾病,特别是慢性病的发生,除与个体基因等有关联外,生活方式、习惯等亦不可小觑。生活方式与习惯是构成健康的平淡而普通的一环,看似简单,实难持久坚持。从这点来说,健康也从来都不简单。

艰难的医疗决定

让我们看一下这样一个病例：一位年逾八十的老先生，有冠心病史十年，一年前出现过脑卒中，现半侧肢体瘫痪，交流程度一般；既往有严重的COPD病史，肺功能重度减退；颈动脉超声显示在分叉处有动脉斑块。他即将走上手术台——准确点说，应该是被抬上手术台。因为，这一次他不小心摔倒引起左侧股骨颈骨折，将要接受一次大型的骨科手术。

作为麻醉医生的你，在看到这样的患者后，该怎么办？我曾听闻某医生直截了当地说："有没有和患者谈到死？有没到这个程度？"彼时惊诧，觉得其言语口气的轻易，仿佛是在勾销一笔陈年旧账一般。而在一般人耳中，这更像是某种不负责任的事先推托。这名医生所谓的"谈"，也就是与患者及其家属，或者说是指定代理人签字。所需签字的内容，称为"知情同意书"，也就是informed consent。

知情同意是患者的一项重要权利，包含"知情"与"同意"两个分解动作。"知情"指的是将有关治疗的干预措施告诉并传达给患者，让他们充分理解；"同意"是指个人根据所提供的相关信息，自主地决定是否授权或选择参加一个治疗。也就是说，知情必须充分，同意必须自愿。若没有良好的知情，又岂能轻易同意呢？

知情同意书是患者表示自愿进行医疗治疗的文件证明。很多时候，患者及家属却感觉像是在签"生死状"一般。尤其在国内，很多医疗或非医疗因素都可能造成这种情况。尽管有医患双方的共同签字，但仍颇像霸王合同书。原因不言自明，医患双方无法在"知情"

环节上做到信息对称与匹配,患者家属带着病急投医的心态,首先想到的是希望,而不是可能的风险。也可能是,患者压根无法明白手术本身的利或弊到底在哪里,即便我们告知了患者,他们在紧急的心理逼仄处境下,也很难做出适当的决定。

有的人平时看着挺健康的,可突然之间昏迷了,就被120送入医院急诊,结果诊断为脑出血,而再一细问患者平时有高血压病史,却没规律服用降压药物进行控制,此时就必须接受开颅手术。想一下,在短短几小时内,一个还在和你谈天说地的人,马上就要被送入手术室手术,还要把头颅骨掀开,这是一种多么强烈的反差?

为了解释病情,医生会用到各种各样的比喻。你看,脑出血来得迅猛异常,而治疗起来要做好持久战的准备。高血压平时看起来没什么,可它是一个逐渐发展的缓慢过程,我们身体常常感受不到,可当达到一个顶点的时候,它的危害就显现出来了,而且往往是最严重的后果,比如脑出血。这真的就是"病来如山倒,病去如抽丝"。可是,治疗的过程和身体恢复的程度,却是极为缓慢的,家属一定要做好心理准备。首先,是必须要开颅手术,清除血肿;其次,是要安全度过术后恢复期;然后,是患者脑袋恢复的程度,这就要看他的造化了,至于身体功能恢复的程度,我们现在谁都没法给出准确的答案。

总之,现在的病情相当于患者在走钢丝,只要一个不小心,任何风吹草动,就可能从钢丝上摔下来。我们医生能做的工作,就是尽一切力量帮助他在钢丝上走得稳当一点。如果症状好转一些,患者其实还在钢丝上,所以后续的观察与治疗也很重要。你看,这人呢就像一部机器,新机器总是运转良好,没有什么噪声;用得时间久了,那么多零部件,难免会出现老化。小部件出现问题时修修还能用,可要是核心部件不工作了,那可就极其危险了。对人体而言,脑袋是核心部件,心、肝、肺、肾也是。

在解释医疗行为,获取授权的同时,我会颇为细致地解释某项医疗行为可能为其带来的好处。我所知道的许多情况是,不少医生貌似只是为了获取签字而谈话,压根很少解释某些医疗项目或操作的具体明细或方法,很少提及益处,反复提及潜在并发症,并声称有时难以预测,难以避免,但我们会尽力。

谈话的确是一门艺术,如何既能取得患者的信任,放心将患者诊疗权利交付给你,又能详细说明诊疗活动的风险所在,是一个需要修炼的过程。我曾听闻有一位医生,口才好到可以扭转乾坤的地步。目前,我无法揣度自己在这件事上做得是否合格称职,只是每面对一个新的病患,看着其焦灼不安的眼神,仿佛是自己的亲朋好友正在经历。

有的家属基本不看同意书,只喃喃自语道:"反正都到医院了,我也知道有风险,但手术得做,患者就交给你们了。"而医生则总是会讲:"尽管做决定很难,但你必须去做,你不做决定,我们就不能给他做手术。这是你的权利,这个同意书签字后,会有法律效应的。"总之,决定像一个无形的足球,在医生与患者间艰难地移动着。

因此,到底该由谁来用脚淡定却坚定地把球停住呢?我在《纽约时报》网站上,看过Pauline Chen的一篇博客文章,题目是《让医生做艰难决定》。文章最重要的观点是,艰难的、关键的医疗决定,还是让医生来做吧。这个判断的来源,是根据芝加哥一项针对8 000例患者的调查。"当提到医学决定问题时,几乎所有的应答者都想让医生提供选择,同时又希望自己的意见得到尊重。但也有大多数患者——三分之二——对于自己的医疗方案,更愿意让医生做出最终的决定。"

对美国的医生而言,他们不那么轻易去介入患者一方的医疗决定权,是因伦理等因素限制。过于积极地去"游说"患者进行某项治疗,则是不尊重患者的自主性。因此,美国的医生从入行开始就变得十分保守,只是摆明利害关系或提供选择项,除非紧急状况或一些无关紧要的医疗琐事,他们不再为患者做任何决定。也就是说,借助于知情同意这一医患之间的某种协定方式,医生变得冷血起来,对家属孤立无援的状态没有有效的帮助,反而可能走向他们的对立面。实际上,患者在做类似于生死之间的决定时,经历的是更大的痛苦,他们更难以客观冷静地做出理性判断。"对于医生来说,坚持患者自主性——以患者为中心的关怀的关键——不在于让患者自己单独做出最后的决定,而是尊重患者意见的同时也担起自己的责任。"

这句话,我亦有体会。2011年4月初,我年逾八十的奶奶,不慎摔倒导致右侧股骨颈骨折。关键的是,五六年前老人家曾因心梗进行心脏按压等大抢救,存在半侧部分肢体运动功能减退。情况相当危急!如果保守治疗,不进行手术的话,老人家生活质量势必很差,生命所剩时间恐也无多。如果手术治疗,将冒很大的麻醉与手术风险。我们怎么办?

家人咨询当地医院。骨科主任说:"要是我母亲,我一定开!"这句颇值得玩味的话,传递了很多信息。也就是说,对这种类型的骨折,考虑到患者年龄、身体状况,医生的确也可以建议患者保守治疗,这并不违反医疗原则;可是,保守治疗势必导致更糟糕的状况,不过这已与医生、医院毫无瓜葛,他们不用担心因麻醉、手术所带来的潜在巨大医疗风险。如果是这位医生的母亲发生了骨折,他却主张开刀,原因是这种手术的风险尽管很高,如果进行完善的手术准备,再加上外科医生的精心手术,在风险与收益间权衡,胜算的概率是很大的。最后,奶奶接受了手术,术后康复得也很好。

奶奶的情况,或许是个例。毕竟,家人花费了大量的精力与金钱,寻找当地最好的麻醉、骨科医生进行手术。我们的决定好像是正确了,当我读了一篇《柳叶刀》杂志的研究报告后,又有了反思。美国哈佛大学的学者,通过回顾性研究,对2008年美国境内死亡的老年人进行了统计。为了让研究更为精确,他们还加了限定条件:年龄≥65岁、享有有偿服务医疗保险。结果令人大为震惊!在180余万例离世老人中,有31.9%的老人在死亡前一年内进行过外科手术,有18.3%的老人在死亡前1个月内接受过外科手术,有8%的老人在生命最后1周接受过外科手术。总之,美国的许多老年人在死亡前一年内接受过外科手术。

这一结论简洁明了。它没有办法回答是否是手术引起了老人死亡,却明白无误地提醒我们,老年人的许多外科手术治疗可能无法使他们获益。当老年人可能进入生命终末期时,强烈的外科干预可能是不必要的,医疗决策应该更为慎重。在做决定之前,医生们应认真考虑实施手术是否会对老年人有益,并尽可能避免那些无法改善他们生活质量的手术。

或许,医疗就是如此。面对具体的个体时,有时我们总想做到最好,用尽一切可以治疗的手段。可站得远一些,从大数据的角度来看,却会有另外的发现。每一个医疗决定,终归是谨慎、艰难的。

生死路口的穷与富

ICU里的患者种类多样。最近参与治疗的两位患者,倒有一个共同点:患有同样的疾病,属于ICU内最危重的患者类型。他们的不同点是,一个不缺钱财,一个拮据贫穷。最终,一个获得新生,另一个走到人生的终点。

先说那位贫穷的吧。他50多岁。很小的时候,左侧髋部生了暗疮。四十多年前的农村医疗条件肯定不会太好,当地仅进行了简单的处理。这么多年来,他的左腿一直跛行着。在病历里,我看到这样一句话来描述他的病史,"左髋活动受限40年"。用词简约、清晰、明确,十分符合病历书写规范。可转念再想,区区不足十个字的医学用词,便涵盖了他40年的行动不便,显得轻描淡写。

为人所不知的是,这个坚强的汉子尽管左髋关节屈曲畸形,身形看上去却孔武有力。几十年来,他一直拄着拐上山采石维持生活。只是前不久,他的身体才彻底垮掉,左侧髋部感染愈发严重,家人才带他来院看病。喔,对了,他孤身一人,从未结婚,送他来的家人是他的亲哥哥。入院诊断上写着,"急性关节炎,胸腔积液,低蛋白血症,肝肾功能不全"。

在接受髋部脓肿引流手术前,他便处于全身感染状态,专业的说法是脓毒症(sepsis)。手术过后,他被第一时间送到ICU治疗。原本,我们看着他有好转的迹象,可一时间又急转而下,出现了肾脏功能衰竭与呼吸衰竭。按说,他应该接受透析治疗,来为衰竭的肾脏分忧。可是,他没有钱。

他有一个好听的名字，寓意是"满眼都是美景"。然而，他生命最后的时光却没有美景可谈。我曾接待过他的哥哥几次，他每次都生怕打扰了医生似的，轻轻地走上前问弟弟的情况。他最关心的是，弟弟还能不能醒过来。我用最简单的比喻，比划着手势告诉他病情的变化。他沉默了一会，又喃喃自语："今天又交了五万七。他就一个人，也没有多少收入，我也没多少……"我不知该回答他些什么，只静静地陪着他站着。

几天后，当我来上班时，发现他的床位已经空荡荡。我问了下情况，他已自动出院回家。在这个冬天的冬至到来之前，他的一生走到了尽头。

另外一个患者，也是50多岁，是一家公司的高层管理人员。他接受的本是一个不大的手术，没想到术后却突然出现全身感染、重症脓毒症，血液涂片里都找到了细菌。形象点说，这就像是不期而至的雪崩，形势发展过于迅猛。在极短的时间内，他的全身脏器便出现了衰竭。他发着高热，痛苦的呻吟持续了整晚，喊着"我不想活了"。

他的嘴巴里涌出血性分泌物，排出的大便也是暗红色。他的身体处于消耗状态，凝血功能变得极差无比，全身出现出血倾向。血小板一次比一次低，一次比一次危急。他的肾脏出现了衰竭，没有了尿液排出。总之，他的生命岌岌可危，犹若蒙上眼睛走在钢丝上，任何一个不慎，便可能跌落下来。

家属说要不惜全力救治，围绕着他的家人朋友快有十个。他们通过各种关系，保证了各种抢救药物的使用，透析治疗也紧急到位，各种急需的血液制品，尤其是在周末极难采集到的血小板，也很快到位。总之，最好的药物与设备，一样都没少。

总之，治疗费用是高昂的，他也慢慢好转起来，家属愁苦的面容终于舒缓了一些。在我眼里，看着他从命悬一线，又再度慢慢好转，给人的震撼无遗是巨大的。一方面，我感叹现代医学所发挥的某种类似于神的作用。另一方面，我却唏嘘住院费用的多寡，一定程度上决定了他们人生不同的结局。整体来说,他的病情比那位上山采石的患者要重很多。可是,他却像是逆转了生死的筹码,赢得了一线生机,获得了重生。

此后几天,我们一直比较这两个结局完全不同的病例。我无法从更高的层面上去感叹医疗制度,只能试着用普通人的视角去感叹。疾病不会有贵贱观念,谁都可能得同样类型的疾病。然而,治疗疾病时却因财富之别,出现迥然不同的结局。哈佛大学文理学院教授、当代西方社群主义最著名理论代表人物迈克尔·桑德尔教授,在新书《金钱不能买什么》里曾写道,在愈发"一切都待价而沽"的社会里,"金钱能买到的东西越多,富足(或贫困)与否也就越发重要"。

如果富足的唯一优势就是有能力购买游艇、跑车和欢度梦幻假期,那么收入和财富的不平等也就并非很重要了。但是,随着金钱最终可以买到的东西越来越多(政治影响力、良好的医疗保健、在一个安全的邻里环境中而非犯罪猖獗的地区安家、进入精英学校而非三流学校读书),收入和财富分配的重要性也就越发凸显出来。在所有好的东西都可以买卖的地方,有钱与否在世界各地都是至关重要的。

ICU内上演着悲喜剧,是各种人生的交叉点,生动丰富的细节与变化在这里展现。这里有穷人,也有富人,可他们却因共同的疾病,在这里接受着治疗。回顾自己眼下的工作,我看到患者眼里的恐惧、孤独,也看到家属的彷徨失落、不知所措。

医患沟通

2010年的秋天,我还是一名博士生。那时,我正在美国中部城市圣路易斯,进行我的博士课题研究。在每个周四的傍晚,我都会去医院的ICU参加讲座。大部分讲座的主题,都是临床话题。印象深刻的一堂课,谈论的倒是医患关系。相较于普通临床科室,ICU是全院重危患者最多的地方,是很多患者的生命最后路程的起送站。那些全身布满管线的人们,靠药物维持着生命体征,靠呼吸机来供给氧气,有的人转归康复,有的人见了上帝。

讲座开始前,我在想国内情况。我的临床经验浅显,也未在ICU同病患家属会谈,让他们去做一些事关患者最终结局的冷酷决定。但我所能想起的是,有非常多的医生对医患交流不够重视,常常摆出信息制高点的位置,甚至会有不耐烦、不细致、不愿交谈的态势。虽是知情同意、情况告知,有时的确属单边主义。很多医生都说,不能对患者家属太好。很显然,他们的意思是,要有所保留,要说话谨慎。这一点中外概莫能外。不过,在交流的方式方法上,要有所长进与提高才是。

当天,演讲的医生语速较快,且掉书袋,真切的临床体会貌似不多。不过,就医患关系而言,中外基本一致,也是一只脚踏进法院门口。不过,在患者家属起诉医生的案例中,却发现一个奇怪的现象,即医患沟通不畅成为诉讼的主要原因之一。换言之,由于沟通不畅或无效沟通,导致家属对医疗的不信任,进而怀疑治疗动机,怀疑治疗效果,更不愿意配合,由此导致诸多问题的产生。恰如任何领域的沟通，医患沟通讲求的基本要素也无差别，却具有独到特点。医患沟通，尤其是在涉及患者病危、生存希望较小等情况时，则要讲求方式方法，注重对方的文化、宗教特征，见机行事。

在课程完毕时，我的美国导师也就医患沟通说了几句。他讲述自己父亲在多年前病危情景，住院医生让他的母亲来做决定，提供的信息支持与判断却很少，他觉得那位住院医生荒唐之极。而今，他成为一名临床经验丰富的医生，对于同患者家属谈话等情形，他的看法是：

在患者家属到来时，一定要亲身体察患者的生命特征，即接触患者。这将极大改善医患的相处关系，并让家属信任医生的治疗；其次，对于患者病情，要抱谨慎乐观的态度。虽然言多必失，但要有效沟通。即便医生的治疗方案丝毫没有走样，按照指南和经验在进行，但对病情的发展抱谨慎乐观，这样会让家属觉得你是英雄。再者，对转归希望较小、病情危重的患者，他最喜欢用的一句话是：Let nature take its course，即顺其自然吧。他反复说了好几遍，称这是最重要的一句话。

上述言语论断，专业领域人士看到或会心一笑，表示认同；一般读者或许并不认同或嗤之以鼻。

家属在ICU最关心的虽是患者，但常把注意力放在他身旁的监视器。上面花花绿绿的曲线，不断跳跃变动的数字，常成为他们持之以恒观察的对象。医生会很轻松地从上面读出心率、血压来，但这些数字的上下小幅波动，就会让家属惊扰不已。对此的建议是，要与家属良好沟通，告知这些数字是有范围的，它们的跳跃或变动是可接受的，并不对患者身体此时的变化具有决定性作用。

你有健康商数吗

周末，与一个朋友碰面。约见的原因是，她的家人因胃内肿瘤住院。不过，鉴于老人家已年逾八旬，若是需要手术，身体能否吃得消？

见面过后，朋友将老人家的基本情况告知我。她将病情资料整理得清晰简洁，既有老人家过去数年内有关身体重大变化的简要说明，也有近期住院期间的各类检查报告。她还带了一份文件夹，里面整齐摆放着数份重要检查。那些检查里，既有十余年前的心脏冠脉造影，也有近期的腹部CT报告，每一份都清晰清楚。

我详细看了近年来的所有报告，又看了这次住院的各项单据。随后，我又问了老人家在家生活起居的状况。了解清楚后，我豁然感觉到这位老先生的生理状况和指标，要比许多五十多岁的人都要好。

在交谈时，她拿出一本书放在桌上，我一眼就瞥见那是我曾做过推荐的《最好的抉择》（参见本书"如何做一名聪明的患者"）。这本书是哈佛大学医学院的两位教授、肿瘤专家杰尔姆·格罗普曼和内分泌专家帕米拉·哈茨班德撰写的。简言之，这本书就是为了让人们如何选择更好的医疗决策，做出对健康有益的决定。

在我看来，我的这位朋友，就是极其聪明的患者家属。说得直白些，她拥有非常强大的健康素养得分。健康素养，是一种很重要的技能，是指个体获取、理解和处理基本的健康信息或服务，并依此做出健康决策来维持和促进自身健康的能力。健康素养的形成并不简单，它涉及多种心理学和认知科学，与个体成长的经历和故事密切相关。

人们喜欢谈论智商、情商。我们不妨将健康素养，叫作健康商数，简称为"健商"吧，它代表一个人的健康智慧及其对健康的态度。那么，我的朋友都有哪些具体的高健商表现呢？

治疗决定不盲从。对医生给出的医疗决策，并不全然否定或肯定，而是全面听取意见，仔细权衡并做出决策。很多人会觉得，患者去质疑医生的决定，关键的时候不听医生的话，真是"一瓶子不满，半瓶子晃荡"。实际上，权衡分析的过程，才是充分医患知情的重要环节。

疾病预防很重视。老人家平日注重锻炼，爱好众多，依然保持热切的生活参与，社交生活密切。对心血管疾病知识、白大褂高血压、阿司匹林使用等信息熟知。我的这位朋友，还与我谈论《最好的抉择》一书的"易得性偏差"这个概念。

及时就医早发现。老人家因一次饭局后感觉胃部不舒服，家人立即就前往医院进行胃镜检查。在服用相关药物1个月后，再次复查。病理结果尽管提示癌，但属于极早期的。这为治疗带来了极大的利好消息。在手术室里，我常看到外科医生的摇头扼腕，因为患者就诊拖延或太晚，已经出现了肿瘤转移，而无法进行更好的治疗。

在医院内，有一个这样的说法。如果想知道哪位外科医生开刀技术更高，一定要问麻醉医生。这话不无道理。原因是，麻醉医生与各个科室的外科医生形影不离，就像是绑定在手术台上的一对夫妻。手术台上的患者，那就是所有医护人员的宝贝。这个宝贝儿治疗照顾得怎么样，麻醉医生看在眼里，记在心中。

你瞧，她来找我咨询点建议，也算健商高明的一个例证。

作为一名医生，我不得不向朋友承认，医学真不是一门具有确定性的科学。它不是一锤子买卖、不是钱货两清，它存在着灰色地带，没有泾渭分明的非黑即白，它充满了人情冷暖、决策摇摆。医学涉及医生和患者微妙并且私人的决定，没有万能的通用模式。这个世界上，没有重样的患者，他们具有不同的脾气性格、思想意识和医疗诉求，在医患双方共同参与的决策过程中，治疗方案都会有所不同。

遗憾的是，中国的医疗资源易得却又紧俏。为什么会这样呢？任何一个患者或家属，只要能预约或挂号，总能有机会见到某个疾病领域内的最权威专家。医疗资源十分容易获得，并没有什么门槛或限制。

但为什么又紧俏呢？这正是容易得到造成的。人们更多地向高级或优质医疗资源靠拢，使专家能全面又具体地为一个个患者服务的时间被压缩。在极短的时间内，给出完全符合患者本身的治疗方案，就显得时间紧张，很难做到个体化。

那么，什么才是最好的治疗呢？这并非一个容易回答的问题。不同的医疗专家有着不同的定义。有研究发现，患者很多时候是在医生做出诊断和推荐某种疗法的那一刻，才会形成自己的偏好。也就是说，这些患者此前可能是"一张白纸"，如果专家对某种治疗手段有自己的偏好时，他就能轻而易举地影响患者。

所谓病急乱投医。当家人遭遇疾病时，会给当事人的医疗决策带来极大的干扰。毕竟，遭遇肿瘤等重大疾病，就像生活里的黑天鹅事件，并不容易碰见。"当一个患者感到自己病得很重，恐惧、无助的时候，医护人员平时一些微不足道的言语和行为都会对患者产生巨大的影响。"

与朋友1小时的交流，让我突然感受到，这个世界真的就像"北京折叠"。每个家庭，都是一个星球。有的家庭，就是地球，充满着生机与活力。有的家庭，很可能就是荒芜的火星吧。导致这种分化的原因众多，以健康商数为代表的家庭建设，就是其中的一种原因。

面对一个长寿的人，在艳羡祝福的同时，我们可以仔细想想：人家的长寿，一定是有原因的。一方面，这定与基因有关。长寿却又是多方面因素综合影响的结果。比如，保持良好的生活习惯，远离酗酒和抽烟，良好的社会交往和融入，家人的陪伴与支持。我的这位朋友一家，就是健康商数极高的家庭。这些外部条件能够经年累月的持续，就是健康素养、健康商数在生活里的具体体现。

第三篇

麻醉笔记

血液对手术如此重要

周一上班,刚进入手术间,却发现静悄悄的。护士告诉我,我们的第一台手术停掉了。我哦了一声,问及原因,原来是血库里血液稀缺,尤其是 A 型血。今天第一台手术的老太太,是肝硬化患者,血红蛋白只有 8 克,血小板偏低,凝血功能也不好。换句话说,等到主刀上台划刀时,所说的第一句话肯定是"拿血来"。对这位患者而言,血是这台手术能否完成的必需品!

转悠其他手术间发现,今天停了不少可能需要血制品的大手术,大多是普外科手术。就这样,有几个房间的"房主",也就是麻醉医生,成了没事人一样,聚在一起聊天说话。我也顿时闲散下来,于是在朋友圈发了一条:"……不得不承认的是,无论外科技术器械多么高超,在没有血液这一重要战略储备时,都将歇菜。此外,如何开发有效实用的血液替代品,将是个严峻重要的课题!"

我不能完全确定,这是否能称得上血荒。要么,只是血库中 A 型血稀缺,因此所有可能需要输血的 A 型血患者,今天恐没办法手术;要么,是上周五的某个大出血患者,将血库里储存的上万毫升血浆制品、红细胞悬液全部用光了,致使周一出现血库"亏空";要么,就是真的血荒,近来源头上采血不及,备血不足?

刨除血库无血这个因素,手术为何要输血?血液到底有多重要?或许是大家十分关心的问题。在这里,我不会过多分析上述问题,也不会对现有献血、血液管理使用规定进行分析,我只是陈述一些现象,说下日常工作所见到的事情与体会。

一般人眼里,输血只是个大而泛的概念。其实,现在临床大部分的输血,输入的是血液的各种分离制品。换句话说,已经很少有将A君的血抽出来,输给B君这样的事了。输血是一种疗法,需要输血的人缺什么,就输什么。从你我血管里抽出的血,也就是"全血",在经过不少程序操作后,会分离出血浆、血小板、红细胞悬液、冷沉淀以及白蛋白等。换言之,医生会根据血液检查指标,针对性地输注血液制品。一般来说,手术输血最常用的两种是血浆和红细胞悬液。

既然输血是一种疗法,那就会有指征。谁该输血,什么时候输血,该输多少血,输入什么血制品,都有一定的讲究。临床医师会把握输血指征,进而有选择、针对性地输血。不过,指征在不同的医生那里,会有松紧的问题。有的人将输血的指征放得宽,但凡出一点血,就会选择输血。有的人则不喜欢使用血制品,患者有强烈的输血指征,他仍忌讳输血。

伸出你的右手,握紧,那颗拳头就是你的心脏大小。在心脏与全身血管里,你的血液总量大约是体重(kg)×75 ml,对女性而言,则只要×65 ml。举个例子,一名体重70 kg的成年男性,体内的血液大约是5升上下,相当于10瓶500 ml的啤酒。一般说来,普外科手术失血量不会超过1瓶半啤酒。对大多数血液检查结果正常的成年人而言,倒真无输血必要。

有的外科医生爱出血。这话的意思是,当你盯着他的手术视野时,总感觉没那么清爽,感觉血污污的。我曾遇到过一位医生,当进行到肝脏切除的关键步骤时,手术台上的气氛顿时凝住了一般,医生还会大喝一声,拿血来! 有的外科医生则与之完全相反,手术清爽,术野清晰,失血量少。

对于现代外科而言,我觉得最大的一件事仍是出血。外科手术的不少时间,仿佛是在做一种重复劳动,电凝止血、结扎止血,将所有出血点都止血完毕。血液是生命之河,它满盈于组织器官里,是生命旺活的象征。一个能将出血量控制到最低的人,肯定是成为优秀外科医生的必备条件之一!

就在周一无血之后,周二传来"捷报",血库恢复正常,各血型的血制品准备充足。手术量激增,辛苦工作ing……

麻醉值班那些事儿

大约十年前,在我还完全没能力在麻醉科担当一线值班的时候,我就在心内科值班了——听上去奇怪极了。但作为一名麻醉科医生,在心内科、呼吸科轮转,是十分有必要的。那时候,需要熟记的几条包括心衰处理、恶性心律失常处理。

不过,大半个夜晚,最多的处理措施是对患者查看、查体后,进行语言安抚。仅遇到过一次室上性心律失常,也迅速喊来了二线。

我想,对值班者而言,最害怕的事情是听到电话铃声。当它们莫名响起时,你就莫名躁动,脑海里开始翻腾各种预案。我想,躁动的原因十分明确,"变化和不确定性是产生焦虑的重要原因。"换言之,在医院里见的世面太少,不敢面对现实,只能内心焦虑。

解决的最佳方案之一,或许就是暴露疗法,让自己直面现实,冲上一线,去处理各种 case。在尽量少的犯错过程里,在边看边学中,让自己进步一点点。

从 2013 年开始,我才算值麻醉一线班。作为小医生所处的大医院,急诊手术并不算少。因此,日常(周一至周五)值班是从下午 4 时至次日上午 8 时,一共有四人,二线为具有丰富经验的主治医师,一线为高年资住院医生,一线手下有两名医生,多为低年资住院医师或进修医生。

有时,预估手术量较多时,会安排两名实习同学跟班(从下午 4 时至晚上 10 时)。在一线手下干活,其实倒单纯,你只需负责一个手术间的麻醉即可。可成为一线后,却发现职能转换很多。简言之,是从具体执行者变成具体管理者，你需要合理调配、安排，让每一台急诊手术都能有序进行。

最开始做一线班时，我变得有点焦虑——谁都有第一次嘛。通常，我会在下午3时好好吃一顿，以"赴死"的态度来应对整夜的繁忙。正是在应激之下，我感觉整夜都不饿也不困。值班次数稍许增多一些，开始从容一点。大概，这就是职业成长吧！

每个医院的麻醉夜班，受制于手术科室所收治病种，最常见的自然是骨科、普外科和产科急诊。在医院位置、特点、性质等多重因素下，麻醉夜班忙碌程度自然不同。

我无法过多评价别人，但从丁香园、新青年麻醉论坛上浏览一下便知，大多医院急诊手术的患者病情均较重，术前无法完善准备，不小心就会"吃枪药"。因此，不怕神一样的对手，就怕猪一样的队友。

按说，外科医生与麻醉医生应是同一战壕里的兄弟，共同面对的是疾患，为的是患者围术期安全，手术顺利。遗憾的是，不少所谓的急诊手术其实并非真正的急诊。

更关键的是，外科医生对患者的术前检查、评估可能欠缺。就仿佛，他们的目的只是开刀解决问题，只盯着要手术的部位，却对患者全身状况置若罔闻。比如，只有血常规检查，没有心电图报告，没有凝血五项、血生化检查结果，却要求我们赶紧实施椎管内麻醉。

夜路走多了，什么鬼都会碰上。值夜班数量多了，也会见识各种妙人、怪事。在长久的经验里，人们约定俗成地认为有些人会更"霉"，更"招财"。意思很明确，只要是某些人值班或搭档，那当晚必然不太平，要么手术多到你想撞墙，一夜到天亮；要么险象环生，危重急大手术接踵而至。而有的人则只要轮到他值班，整晚清闲淡定，大家早早休息，一夜睡到天明。事实上，我从来不信谁更hold，谁更招财。原因是，导致急诊手术的风险因素太多，且不可控。

比如，在凌晨4时，直接从急诊室推来一在家分娩却遭遇难产的妇女，产科要求你马上麻醉的时候，我就招财了？晚上10时，两台脑外科纷至沓来,同时手术,我就招财了？我曾仔细翻阅过值班本,发现大部分夜班手术量几乎是相当的。

在我看来,夜班是否忙碌完全取决于心态,即便自己当晚的确做了很多手术,也一定微笑着一概否认,"昨夜很轻松呀,没什么呀！别闹,我值班可没那么多手术",只有自己站出来否认自己"招财",别人才不会带有怨念地望着你,生怕下次与你一起值班。

整体来说,急诊手术呈现为正态分布,我觉得以6～8台为基准,少于4台或多于10台都是相对小概率事件。很多时候,如果今天急诊手术超过10台,很可能次日急诊手术量就降至4台。有时,白天完成的急诊手术多了三五台,晚班急诊便很可能减少很多。再者,是否更"霉""招财"与个体是否有"负罪感"相关。其实,我觉得自己值班也是挺"霉"的,但我打死不承认。更重要的是,我没觉得多做了两台手术,对我有多大的折损,也不认为自己就多忙了多少。

因此,当诸位皆有抱怨时,我便忽略性地盲听这些让你背负"忙""招财"的辞藻。直到现在,也从来没有人认为我"招财"。

前不久,做了一例单侧下肢胫骨骨髓炎清创术的麻醉,手术虽不大,患者几年前却换过二尖瓣(机械瓣),两天前急诊入院时在服用华法林抗凝,直到昨晚才停服。再看检验结果,没有凝血五项结果,血小板数量正常,无贫血,无低钾。

患者自诉不愿意接受全身麻醉,但眼下这情况又不能腰麻,遂告知风险并与其家人知情同意。返回手术间时,骨科医生已准备妥当。换言之,这个小手术半小时搞定,你赶紧上全麻吧。情势之下,果断开始常规诱导。患者意识消失后,却突然听闻监护仪报警,眼瞅着心律由窦性(80次/分)变为170次/分,类型为快房颤或室上性心律失常,我一时判断不出[汗！快速房颤(心室率超过150次/分)由于RR间期的差距较小,听诊或心电图表现节律偏整齐,易被误为室上速]。当时我看上去挺镇定的,无创血压也一直保持稳定,当氧饱和度开始下降时,就绝对淡定不了啦。在二线指挥下,一番处理后,心率逐渐下

降,心律突然变为窦性,一切仿佛回到了正常轨道。事后分析:

1. 患者术前准备不充分,询问骨科医生后发现其已相当于禁食2天,未充分补液,患者容量相对不足显著。

2. 患者四年前行二尖瓣手术,此次入院无B超评价心脏及瓣膜功能。

3. 麻醉诱导药物导致的心肌抑制,加上麻醉诱导期预充氧不够充分,可能加重心肌缺氧。

手术半小时内结束,患者苏醒时,因气管导管刺激,心率再次达172次/分,给予相关药物后未见显著改善,血压下降为85/55 mmHg。在予以容量支持、加深麻醉后,再度转复为窦性心律(82次/分),后虑及晚夜间患者安全,带气管导管送入ICU监护,次日晨顺利脱机拔管。

有一次,J医生带我值班。与我相比,他显得胆大从容多了。那次夜班,有一例肌间沟臂丛阻滞。要知道,在那之前我在上级医生指导下独立完成该操作并效果良好的例数几乎为零。原因是,此类神经阻滞数量相对较少,平常上班很难遇到。即便遇到,多半是上级手把手地带你操作,并非自己独立完成。而夜班那例臂丛阻滞,J大夫却给了我无限的肯定:"你来操作,不行还有我呢。"他的鼓励,减缓了我的畏缩情绪。结果是,那例臂丛效果良好。

现在回想,那次夜班给我最大的感受就是:just do it。因为,畏难或只想不做,不会解决问题。最实际的出路是,先做做看。说不定,做的效果不错呢。即便效果不好,选择备用方案便是。

科室里优秀的老师、医生很多,每人身上都各有所长,多与他们接触,自然发现每个人的妙处和招数。然后,在脑海里自我"模拟教育"一番,也算加强了记忆与体会。感谢身边每一位老师、同事。

小朋友，我有办法让你不哭不闹

有段时间，各种满溢爱心的手术室图片，刷满了医生的微信朋友圈。我系统梳理了那些温馨场景。其中大部分是，麻醉医生"耍"尽各式手段安抚小患者，要么给他讲故事，要么给他玩具或动画，要么就是怀抱安抚……

的确，这样的场面让人感动，温馨极了。对我们这些日夜泡在手术室里的麻醉医生而言，这就是我们的工作场景。我们用尽一切方法，只希望这些手术的小娃娃们，安静地进入麻醉状态，平稳地苏醒过来，最好不要发生一丁点儿哭闹。我们这样做的原因无他，为了小朋友的安全着想。当他们哭闹不止时，既增加氧耗，还一把鼻涕一把泪，口腔内分泌物大增，可能导致喉痉挛等更危急的情况出现。

让小朋友安全地度过围手术期，就是麻醉医生的最大幸福。

没错，我们可以奇招迭出，角色扮演，只要小朋友器官功能稳定，生命体征平稳。安全，安全！

我想起1个月前，曾先后完成的两例小儿心脏麻醉。我也没有给他们哭闹的机会，就成功地"骗"入手术间了呢。事实上，我都被自己如此之壮举给惊讶到了。要知道，我之前从来没有成功过！

这两个小朋友，都很可爱。其中的小女孩，不到2岁，眼睛很大，话不多，性情温顺。那个小男孩，不到3岁，虎头虎脑，脸上有点儿脏，活泼好动，看上去分量不轻。他们因为房间隔缺损这样一种先天性心脏病，需要进行手术治疗。邓主任说过，在进行儿童麻醉时，一定要考虑到患儿的年龄。年龄在半岁至3岁的儿童，很难配合你的指令。也就是说,这些小朋友可能无法用语言顺畅地表达自己意图,又无法清晰理解别人的语言,当处于陌生的人物和环境时,显然无法配合你。简言之,如果你想"劝说"一个一岁半的儿童"不要哭噢,跟叔叔到手术间里去……",绝对属于痴心妄想。

怎么办?(显然不能凉拌)答案是:根据多种因素,制订预案。

在手术前一天,当得知自己需要负责一台小儿心脏麻醉后,就要琢磨整套麻醉方案了。我先去病房详细询问家长,探视孩子。麻醉医生要了解些什么呢?首先,在电脑病历系统里,查看小朋友的完整病史资料、检查结果等。随后,要前往病房,看看小朋友的发育情况,问问体重,有无感冒、鼻塞等情况?与家长交流,看看小朋友是否怕生,是否愿意与陌生人接触。很多时候,看几眼,交谈几句,也就大致了解你将面对一个怎样的小朋友。

当然了,还要特意看看,手臂上有没有静脉留置针。毕竟,小朋友的静脉穿刺相对较难。如果有静脉针,你就偷着乐吧。

拿那个小男孩来说吧。两岁半,壮壮的,说着中原的方言。尽管听得不是很懂,但看得出是个"难缠"的家伙。在我离开病房前,他对我说了几句方言。我还以为是赞美我的话呢,等他妈妈讲给我听时,我差点晕倒。毕竟,他说的可是:"给你吃我的脚丫子!"

一盘磁带总有A、B面,"对付"小朋友自然得有双方案。第一方案,微笑抱入法;第二方案,镇静抱入法。第一方案,就是不费"一枪一弹",只靠颜值、口才和魅力,就让小朋友乖乖就范,不哭不闹地进入手术间。第二方案嘛,则要"强硬"一些,通过口服或肌内注射镇静药的方式,待其入睡后,便顺利将其抱入手术间。可是,大部分小朋友不会配合你的"强硬"。谁小时候不怕打针?谁小时候不怕吃药?于是,先按照第一方案操作。小男孩嘛,都是贪慕虚荣的爱车一族。当晚,我曾想着应该拿一件玩具车到医院,可以哄骗这位小患者。第二天一早,却忘记了带玩具车。情急之下,就将手上的iWatch让他玩。他拨动着表面的地球仪,玩着玩着就想占为己有了。想要没问题,和我做个交易吧:想要继续玩,到我怀里来。于是,他就欢快地在我怀里玩着iWatch了。

抱在手里后,一边嘱咐父母轻柔快速将外套等脱去,一边继续用语言诱导他。慢慢地,等他放松了警惕,就将他抱入手术室大门,用沿途的新奇事物吸引他。

走向手术间的这短短几十米,你得逗弄他看看护士的花帽子,再编几句奶声奶气的话儿,让他依旧沉浸在新鲜感里。等将他放在手术床上后,必须立即与护士快速地配合。各占其位,准备工作!待其发觉情势不对时,一只面罩早已向他袭来。在那里,较高浓度的吸入麻醉药,伴随着高流量的氧气,汩汩而来。他想大口地呼吸,这正中你下怀。此时,我的第一个动作早已完成——脉搏氧饱和度放置到位。它既提供患儿氧合情况,又能查看心率。你在开始倒数十个数,还没数到0,他便已入"梦乡"。早已瞄好的静脉穿刺处,已有精干的麻醉医生或护士把守,漂亮地完成静脉置管后,便可以安心地进行麻醉诱导和气管插管。随后,在一系列麻醉操作妥帖地完成后,这名孩子的心脏手术就可以放心开始了。

回想一下,让两个小朋友不哭不闹地进入手术室,真是节约了不少气力。不过,也有可能,他们不哭不闹地配合我,或许只是偶然。毕竟,样本量只有2个时,下出的任何结论都会过于武断。当然了,我绝对可以肯定的是:只有做了父母,才更理解两三岁小朋友的感受和内心独白,亦更生怜爱和关注。这与我七八年前做小儿麻醉时的感受完全不同。只有当你抱过软绵蠕动的婴儿时,只有当你亲自拨弄他们的小胳膊小腿时,只有当你亲自抚摸过他们娇嫩的皮肤后,你会变得更细致和耐心。

这两次的经验,让我十分开心,也让我对小儿心脏麻醉的自信心增强了不少。不过,麻醉医生永远都是内心翻江倒海、万千考虑,脸上却平静如潮、和煦春风。时刻准备着!我们无法确保下一次一定百分百成功。

提笔至此，我想起曾在美国参观过的儿童医院和手术间，暖暖的色调，温馨友好的环境，的确令人羡慕。据说，国外有些手术室还允许家长陪同孩子进入手术间，在孩子完成吸入麻醉后，再让父母离场。在国内，目前这仍是一件不太可能的事情。

儿童难以理解语言，较难沟通交流，这让家长颇为焦心。作为麻醉医生，我们也从来不敢大意。确凿无疑的是，流传在网络、微信朋友圈的手术室爱心照，将会越来越多。而这，正是麻醉医生的手术室生活。

美国的医生节，
为何纪念的是麻醉医生

每年3月30日，微信朋友圈总会被"医生节"刷屏。不过，这是美国的医生节。若是仔细琢磨一下美国医生节的来历，就会发现一个提议从想法直到被立法设定为节日的过程，是一种怎样的曲折还复。

1933年，美国南方医学协会首次以3月30日为医师庆祝日。这家医学协会当时建议：在这一天给医生或其家人赠送贺卡，在逝去的医生墓前放置鲜花；组织一场比较正式的晚宴。

一年后，这家医学协会向佐治亚洲递交提案；1958年，这一提案被递交到国会层面；1989年，南方医学协会联合多方力量在国会推动该提案。次年10月30日，老布什总统签署366号参议院联合法案。1991年的3月30日，第一个法定的全国性医生节出炉。

那么，为何一定选择3月30日呢？

简单点说，美国医生节纪念的是，麻醉学先驱Crawford W. Long在美国佐治亚州为一颈部肿块切除患者成功实施第一例乙醚麻醉。这一天，是1842年的3月30日。

当人们提议应该过医生节的时候，南方医学协会写道：

> March 30, the day that famous Georgian Dr. Crawford W. Long first used ether anesthesia in surgery, be adopted as "Doctors' Day", the object to be the well-being and honor of the profession, its observance demanding some act of kindness, gift

or tribute in remembrance of the Doctors ...

可进一步分析却发现，人们选择这一天，完全是因为Crawford W. Long的女儿在1928年撰写的一篇回忆录 *Crawford W. Long and the Discovery of Ether Anesthesia*。

多么巧合的一种意外呢！

另外一个问题随之而来。Crawford W. Long尽管实施了世界上第一例乙醚麻醉，可现代麻醉学的开山鼻祖，人们却大多以四年后威廉·莫顿在麻省总院的乙醚麻醉演示为起点。

原因很可能是这样的。直到1848年Crawford W. Long才将这些结果公布于众，发表在《南方医学与手术杂志》，也就与"现代医学全麻第一人"的称号失之交臂。从实施时间和发明优先权角度看，Long医生最早开始乙醚麻醉，他应该是发现者；但Long对乙醚的研究缺乏热情，转而用一些无效药物进行麻醉试验，并非乙醚的坚定推行者。

在医学史家眼中，莫顿是第一个将吸入麻醉带给世人的，他切实推动了麻醉的医学实践，被公认为全身麻醉第一人。所以，在莫顿的墓碑上写着：威廉·莫顿，吸入麻醉发现者。他让外科手术疼痛，得以预防和消除。此前，外科手术极度痛苦，此后，科学战胜了疼痛。

你也是二道贩子

又是一年的3月30日,铺天盖地的是"医生节"。

细说起来,3月30日,只是美国的"医师节",并不是"国际医师节"。这地球上,并没有几个国家,专门拿出一天作为节日来尊重和感谢医师。

1842年的3月30日,美国佐治亚洲一位叫作Crawford Long(朗)的乡村医生,第一次使用乙醚吸入的方法,成功完成了一台颈部肿物切除手术。

这件事可不得了!尽管有争议,存在波折,但朗医生的确是现代麻醉的开拓者。在各方面推动下,3月30日终于成为美国的"医师节"。

3月30日所在的这一周,已升级成为美国的"医师周"。在中国,这一周则是中华医学会麻醉学分会号召发起的"中国麻醉周"。

遗憾的是,见诸报刊的报道里,存在着令人心疼的错误信息。其实,并不是朗的妻子为了纪念这一成功的手术,才以3月30日作为庆祝日;1993年也并不是美国第一个"医师节",早在1933年美国的一些州就在过"医师节"了。

老布什签署总统令确立美国的"医师节"是1990年10月份,次年2月发布了公告。因此,美国首个正式的"医师节",应该是1991年。

我还看到一篇科普文章里说,莫顿的乙醚公开演示与朗医生的乙醚麻醉,都在1842年,这更是错得令人心疼。

我们还可以继续深究。你很可能会发现,选择3月30日作为美国

"医师节"的最重要原因，可能只是朗的女儿在1928年曾写过一篇关于父亲首次使用乙醚麻醉的纪念文章。

对这些林林总总的小纰漏，我都报以微笑。我曾撰写过西方现代麻醉发明历史的一篇文章，为了寻找材料，我差点跌入了错误史料的坑里。仔细想来，这些错误有两个来源。

其一，人们习惯于转述，而不做点调研工作。仅仅依据中文网络里的现有知识，只能在泥坑里滚得满身都是。

其二，即便看了英文材料，却是囫囵吞枣，看的一知半解就乱加翻译，进而以讹传讹。

我们容易盲从。选择做信息的"二道贩子"，总是轻松无比的。我们就顺手转发这样的信息，显得我们多么关注这样的节日一般。一天下来，读来读去，就是那三五篇文章，不同的截取和组合，被一次次地转发着。

做信息的"二道贩子"，也使我们更容易犯错，进入盲区、雷区和死胡同。我们容易被肤浅直白的信息所击倒，很少去花点儿功夫探究一下，去琢磨一下。我们很容易相信别人呈递给我们的信息，很少意识到其中存在的小错误。

就像克莱·舍基《认知盈余》一书里说过的，人们的自由时间除了仅仅用于内容消费，还应更多用于内容分享和创造。分享和创造这件事情，远比单纯的消费重要得多。

魔鬼隐藏在细节之中，历史也是如此。它驻留着未曾被舒展开来的丰富。假若只是认真一点儿，捎带那么一点儿考据癖与刨根问底的念想，就会凿开冰封，扎入深处，发现令人惊奇的不同。

我们所需要的大概不是转发，不是假装读过，而是主动创造点什么。

如何精进麻醉英语

我第一次接触 anesthesia(麻醉)这个单词时,费了九牛二虎之力。我知道,作为一名麻醉专业工作者,一定要把这个读音发准确,才能显得很有范。可是,即便把这个单词念熟了,还有海量的专业词汇等着我。

我最早学习麻醉词汇,阅读麻醉文献是 2003 年。现在回想,我最早读到的那篇麻醉文献,其实就是当年美国麻醉医师年会知识更新。只是,当时的一位 99 级麻醉师兄没有告诉我。他听闻我求知进步的小渴望,便拿了几页纸给我。于是,我就跑到图书馆,开始阅读并勾画那些难懂的麻醉词汇。

当时的翻译条件简陋,文曲星是常用的翻译工具,金叶天成的医学字典软件则最流行。如果没有这些,就得从图书馆书架上找医学字典,对照着翻译。我记忆最深刻的一个词是 rocuronium,我现在显然知道它就是"罗库溴铵"这种肌松药的名称。可当年的我,在网络上搜索半天,也不知怎么对这个词拆分。最后,我把它翻译成"一种非去极化肌松药"。

更要命的是,由于脑中对麻醉并未建立系统的知识,对临床麻醉更没有感性认识,许多词句翻译非常生硬,中文说得古怪。对于各种修饰词句的翻译和位置,更是模棱两可,不知该放在何处。

这便是我第一次与麻醉英语的接触。

2004 年,不知道从什么地方,我获得了一本宝书,书名是《麻醉新概念》。这本书浅蓝色封面,非常薄,却把临床麻醉最常使用的英文词汇,进行了串联。它的编者是王景阳与夏丽珊。王景阳教授是长海医院麻醉科的创始人,夏丽珊则是香港的一位麻醉医生。

这本书的前言里写道:

> 有谓"今日的科学语言为英语",为了帮助现代麻醉医师适应近代发展的高科技与外科手术治疗的需要,学习国外先进的医学科学技术,包括麻醉学,以双语形式编写成的《麻醉新概念》一书。

这本书胜在中英对照,看几句英文,对应着便是简洁流畅的中文。也正是在这个过程里,逐渐对专业英文翻译有了一点儿感觉。

我的麻醉本科快毕业时,一大半的麻醉词汇就来自《麻醉新概念》,另一部分则是来自麻醉本科教材。当我考上研究生现场英文面试时,导师邓小明教授问我的几个单词里,就有propofol、neuroanesthesia。当然,对于从别的学校前来攻读的学生,他还喜欢提问我们学校的英文名称是什么,有时还真难住了学生。

上研究生,读专业文献,这就是一种日常生活。因为撰写综述,参与美国麻醉医师年会知识更新翻译等机缘,所读的麻醉文献与日俱增。此时,阅读的专题性更加强烈。你会定期地将固定的几个词组,键入pubmed网站,然后开始阅读摘要,研究最新文献。2008年开始,在大连的危重病专家黄伟老师的推荐下,我开始使用RSS订阅。眼下,尽管RSS订阅式微,使用的人越来越少,但我依然还在用。从那时起,我开始了阅读四大医学期刊的习惯,也就是*NEJM*、*Lancet*、*JAMA*和*BMJ*。到后来,渐渐缩减到*NEJM*和*Lancet*两本期刊。也正是每周浏览摘要阅读的过程,像是挖到了宝一样,在2008年、2009年和2015年有机会将自己阅读国际大型临床研究时的思考,撰写成小小的letter,得以在这些期刊上发表。

如今想来,这些我深切阅读的文献,为了撰写一篇letter所付出的大量心力查询,都让我对那些重要的研究话题有了更进一步的了解和掌握。那些原本不够熟悉,读音不够标准的麻醉词汇,一下子也变得亲切可闻起来。从这个角度来看,书中自有黄金屋!

那么,怎么学麻醉英语?我给出的可操作流程很简单:

选择任何一篇你感兴趣的英文麻醉文献,打印下来,带在身边,先看自己能阅读到什么程度。如果有不认识的,打开手机,使用任一词典App查一查,保准立马得到答案。对了,看清音标,不妨发声念出三五遍。要强制自己,要让那个陌生的读音变得熟悉起来,才会进入你的大脑皮层沟回。如果全文你都认识了,你说不定有了想翻译的冲动。那么,就动手翻译吧。请相信我,翻译它所获得的收获要比只是简单地阅读,高出好几倍。

纪念我们的麻醉兄弟——岳琦医生

2014年3月3日，北京，星期一的早晨，原304医院麻醉医生岳琦离世，年仅35岁。

这一消息让无数麻醉同行诧然。我们惊诧，因为他就在我们的身边。他的爱人发了一条让人潸然泪下的微信："没有选择只有接受。你走了让我怎么办？孩子怎么办？你真的好自私！！！为什么梦也不给我！老公我想你！"

兄弟，我们想你，我们痛心，因为你是我们的一员，你是我们的兄弟。我们想你，我们痛心，因为你是那么年轻，还未领略更美好的光景。

我曾不止一遍地想，如果岳琦医生没有遭遇这一变故，他就是我们的代表。他是科室的麻醉医生主力军，是临床麻醉工作的主要承担者之一，每天奔忙于手术室里。他有着与你我一样的工作压力，或许就连生活烦恼也是一样的。

他是来自普通家庭的优秀孩子，靠着勤奋敬业与汗水，不断累积工作的经验，搭建生活的基石。他恋爱了，结婚了，还有一双令人羡慕的儿女……他走着与你我一般无二的工作与生活之路。

16年前，也就是1998年的夏天，来自第一军医大学的录取通知书，邮递到了河北沧州的农家小院。要知道，考取一所军校的七年制本硕连读，那是多么大的光荣与骄傲。

据岳琦的大学同学吉程程（现为ICU医生）说："他是11班班长，七年制队列排头兵，走路很有特色地晃悠，做事实在、认真，非常善良。如果七年制20个人19个都做坏事，唯一一个不会做的那个就是他。"

是呀，一米八的个头，长着一张方脸，架着一副眼镜。只消看他一眼，你就知道他是个典型的北方男人；只消聊一句话，你就知道他没任何坏心眼，是个靠谱稳重的青年。

这样一个朴实、善良的人，在2010年给大家带来一个好消息。"生了对龙凤胎，无数人羡慕，还纷纷讨教秘诀，我们还说真是好人好命。"他的老乡、麻醉师弟刘斌，当时曾电话问他生的是男孩还是女孩时，岳琦回答说："这个说起来就比较自豪啦，龙凤胎！"

随后的几年，尽管从岳琦那里得到的消息不多，但没有消息就是好消息。毕竟，那些大学同学们都已成为科室的主治医生，承担许多临床工作，还要做科学研究，撰写论文，甚至是教学工作。或许，即便大家网上聊起来，也就是说说工作，吹几个牛，调几个侃。对大家而言，谁会想到死神就在身边呢。

岳琦一直住在医院分配的单身宿舍里，即便在拥有爱人、添了一对龙凤胎之后。他的宿舍就在一处简易房的三楼，大约15平方米，看上去十分简陋。由于是老式房子，三楼的卫生间只供男士使用，四楼的卫生间才给女士用。

几年来，他们一家就生活在这里。"电脑、微波炉、各种生活用品和衣物堆叠在一起。三张上下铺的床，一张充当了办公椅加储物架，另两张拼成一个，平时上铺睡岳琦和大宝，下铺睡孩子妈和小宝。"

我无法想象在北京这座大城市里如此清苦的生活。更无法想象，这样一对父母照料一双儿女的辛忙场景。据吉程程说，"他的妻子在孩子上幼儿园之前一直没有出去工作，家庭的经济重担自然落在岳琦肩上。但无论是工作的劳累还是生活的压力，我们从未听他提起过，就和上学时一样，永远只是踏踏实实去做。"

可就在3月3日这天早晨，当岳琦的妻子去四楼卫生间洗漱时，岳琦在他的上铺倒下。他面朝下躺着,口鼻均是血,脸面都已青紫。虽然身在医院,可送到急诊科时,已回天乏术。就在2014年春天的一个早晨,岳琦医生走了。

当日中午,岳琦所在医院的骨科医生李忠海在新浪微博说道:"曾经兢兢业业为手术患者守护生命,曾经从死神手中抢救过无数患者,但自己年轻的生命却转瞬即逝,留下爱人和一对年幼的双胞胎!各位医疗同仁,多注意身体!医生遭受这个社会太多贬损,污蔑,攻击,杀戮,医生的地位与所受教育水平严重失衡,所以,只剩一声叹息。"

这一切来得太突然了。为什么?其实,一切并非没有先兆。"1个多月前,他在群里发微信问有没有同学在309,担心自己结核。今天方知那时已有明确咯血……只是岳琦他没跟同学说也没跟科室里说,只说后来考虑是肺炎,抗生素有效。"

目前,我们无法获知这1个月里,岳琦对自己的身体到底有多注意,做了什么检查或治疗。他的肺部阴影到底又是什么?这1个月里,他的生活如何?他的喜怒哀乐是什么?

逝者长已矣!他的同学吉程程说:"作为一个ICU的医生,见过太多次死亡,几乎以为可以平静面对所有,甚至在填死亡证明的时候,偶尔有瞬间恍惚想到有天自己的名字也会填在这张纸上。但今天,看着岳琦做心肺复苏时的照片,悲怆披头泼下来,无法接受,他太年轻,而且他是我们的亲人。这个初春,先是有齐齐哈尔的杀医案,然后是保定的医生被割喉,南京护士被暴打,前天是昆明血案,加着连绵的雾霾天,让人心情抑郁。岳琦的突然离去,更加当头一棒。"

岳琦医生的猝然离世,对你我的震动是什么呢?在怀念惋惜的同时,我们可以做些什么?

珍爱身体,这是我们生活与工作的资本,是在这个世界奔走乐活的根本。如果把金钱比作一串串0,可一旦没有了身体作为起始的"1",再多的钱都是扯淡。珍爱身体,重视身体不适的信号。倘若感觉劳累了,请好好休息,不要用高大上的理由逼迫自己,不要因不得不的原因而压榨自己。

他的一个同学则说:"医务工作者关爱自己,就是关爱他人,从关爱自己的身体开始,有病就要去看,人过30了,我们已经不再年轻。好好活着,珍惜身边的亲情、友情和爱情;想聚就聚聚,想见谁就见谁,想陪陪谁就陪陪谁。别说太忙,等有空了再做。子欲养而亲不待。"

过去几年,全国各地发生数例医生猝死事件,不乏好几位麻醉医生。过度的劳累,是过重工作的后果。如果您可以,请爱护关心身边的同事或下级医生。

留给我们的反思,可能还有许多……

岳琦,我们亲爱的战友,一路走好!安息!

第四篇

医院内外

医生,方便留一个电话吗

有效的沟通,是医患关系的润滑剂。越来越多的患者,希望在离开医院后仍能及时与医生取得联系,得到有效的用药或保健指导。他们大多在离开诊室或出院时,向医生说道:"能留个电话吗?"留号码,方便了患者,却可能打扰到医生的正常生活。不留号码,似乎不近人情。到底该怎样呢?

在医学专业网站丁香园里,就曾对此问题进行过讨论。医生的意见五花八门,却主要有三种声音。有相当多的医生属于"骑墙派"。如果患者主动要,或者自己认为比较特别的病例,就会留个电话。也有积极主动留手机号码的,这些医生属于热情的"服务派"。患者甚至成为医生的朋友,进而介绍其他患者前来就诊,并建立了良好的信任关系。也有为数不少的"拒绝派",他们不愿意在非工作时间受到打扰。

显而易见,患者喜欢"服务派"或"骑墙派",他们能予以专业意见,让自己在第一时间得到关于药物或治疗的建议。但从逻辑上来说,医疗关系的产生建立在医疗过程之中。医疗服务结束后留下电话号码,相当于医疗关系的附加增值产品,是医生与患者特定医治关系的延伸。医生并未对此予以收费,却需投入自己一定的时间与精力。换言之,"拒绝派"的做法,无可诟病。

在美国,这个问题又是怎么样呢?美国医生的名片上,也会标注邮箱和电话,可上面也注明了在休息时间无人应答或接听的字样。换言之,此类涉关医疗的问题,属于工作范畴,自然应当在工作时间解答。

  我就这个问题，询问了一位美国医生。"99%的医生是不给的，要找医生就拨打电话应答服务。"服务中心会依据问题的轻重缓急，来决定何时予以回复。这就像是，你的信用卡出问题了，你拨打银行服务电话。如果只是咨询取款额度，那自然是小问题；如果是被盗刷了，他们便会立马干预。近年来，美国出现了一种服务，只要患者缴纳一定数额的年费，便可获得指定医生的24小时电话服务。不过，并非每个医生都愿意"出卖"自己的时间，也不是每个人都能付得起这种服务费。

  就眼下而言，医生在大量繁重临床工作的基础上，能有闲暇随时接听患者电话者属于少数。比较稳妥的做法或许是，医院或科室开设单独的热线电话，用以收集患者有关临床用药或手术咨询的专业性问题，向相关专业医生汇报后再逐一回复。更何况，通过电话交流病情，仅能得到语言上的零散信息，无法为患者进行体格检查，缺少真实的视触叩听，与实际情况存在较大差距。因此，患者也要意识到电话咨询的局限性，在有明确的身体不适或问题时，前往医院就诊才是第一位的选择。

  总之，在医患相处之间是否留手机号码，是一桩颇为个人化的行为，国内卫生相关部门并没有明确对此予以规定。就我看来，留不留手机号，更像是一桩情面问题，也受制于中国特色的处世文化。

医生需要打领带吗

我有一个同学，他的主任规定，上班必须穿衬衣打领带。若是公司职员坐格子间，这倒也稀松平常。但对国内不少公立医院而言，这种现象却不多见。至于理由，主任言之凿凿，领带是树立医生自身专业形象，更是对患者的尊重；都说与国际接轨，这也是国外医生的标准行头嘛。殊不知，不少研究却表明，医生或许该让脖子解放了。这块只有装点作用的布条，还是不戴为好。

美国医生在诊室会见患者，通常是衬衣领带、白大褂，脖子上挂一副听诊器。我曾问过身边不少美国人，医生为什么要戴领带。他们常是一脸惊讶，觉得这事无须回答，极为自然的事情。一般说来，医生和律师常受人尊敬，他们怀揣一般人绝不具备的专业知识和技能，而领带正是塑造其正式庄重和专业严肃的最佳象征。

什么是领带呢？维基百科的定义是，领带"是一条系在脖子上的长布条，在衬衫的领子下面围绕颈子一圈并在脖子前端打一个结，布条的两头就垂在衬衫的前面"。领带起源于17世纪初，发源地尚有争议，但在欧洲渐而成为尊贵地位的注解。领带从领结这一雏形，进化为现今的长长一条。它的上端是脸庞，下端直至下腹。

领带虽让医生更体面更精神，却可能使患者利益受损。这是近十年相关研究得出的结论。近年来，随着医院内感染率的上升，人们想尽各种办法，诸如加强清洁和监测，严格相关规章，改善医院布局结构，甚至使用抗菌床单。有一个明显的地方却被人们忽略掉了，答案正是医生的领带！医生的领带，是否会增加医院内感染率呢？这是以色列的史蒂文·努尔昆（Steven Nurkin）一直想弄明白的问题。2003年前后，他还是一名四年级医学生。来到纽约后，他终于将这一问题付诸实施。42名外科医生的领带，被他送进了实验室。结果发现，几近一半的领带，携带可导致感染的病原体。那么，这是不是医院的普遍现象？他又找来10名医院保安，却只在一条领带上找到病原体——还是较为常见、通常无害的皮肤表面细菌。答案不言自明，医生领带上的问题，真的比一般人多。

努尔昆的发现，让不少医生大吃一惊。不过，他的发现也仅仅表明，医生的领带携带病原体，而且比一般人多。至于医生的领带是否会助长医院内感染率的升高，这项研究却不能给出答案。当然，这个结果足够使习惯内着衬衫领带、外套白大褂、脖梗上搭着听诊器的医生们，在面对和接触患者时，至少会小反思一下。

甲型H1N1流感发生时，《华尔街日报》记者丽贝卡·史密斯（Rebecca Smith）旧事重提，提醒公众注意医生的领带。英美卫生机构和医院也认真考虑过医生的领带，是否会引起病原体传播。2007年9月，英国国民健康服务组织发布规章，对医生着装提出新的要求。不要佩戴领带，正是其中一条。美国医疗剧《豪斯医生》曾有一个桥段，卡蒂院长在发现医院内感染新病例后，愤怒地剪掉一名实习医生的领带。

医生若不戴领带，患者会有什么反应呢？有数据显示，有30%～50%的患者在走出诊室后，压根想不起医生是否佩戴过领带。医生是否佩戴领带，也不会影响患者对他们的印象和评分。换句话说，患者其实没那么在意领带，他们还是对真功夫更为关注。《医院感染杂志》有一篇来自英国剑桥大学的研究，更是对这一点的佐证。通过对前往英国斯温顿一家医院的75名患者进行调查显示，他们并不在意领带这事，就连医生是否穿白大褂也不在乎。

那医生的看法呢？有调查显示，在20年前约有70%医生认为，面对患者时需要佩戴领带；相较而言，高年资医生比刚摸进医学大门的小年轻们,更喜欢戴领带。2008年一项针对耳鼻喉科医生的调查显示,近八成医生认为没有必要佩戴领带。《医院感染杂志》的另一篇研究也告诉人们,约有八成医生对不打领带上班举双手赞成。时过境迁,观念更迭。在部分老派医生眼里,那些"领带反对派"大多是年轻医生,他们本来就想穿得轻松适宜、无拘无束,认为领带携有病原体,只是一个幌子。

综上看来,医生是否戴领带倒真需要研究一番。医生的领带,是否间接传播了病原体,继而助长了医院内感染发生率,也亟须研究。对我而言,眼下的问题是,我的那个同学看后有何感想?

七月的医院最危险

2010年的夏天,我和几位老师完成了一趟美国西部十天自驾游。在出发前,身边的美国朋友却严肃地提醒道,七月份要保持健康哦,千万别生病!待我蹙眉纳闷时,对方抛给我一个名词:"七月效应"(July effect)。

顺手翻查一番,发现"七月效应"有蹊跷。它指的是,每年七月份,医院里患者的死亡数量会出现一个增幅,这种现象只在拥有实习生、住院医生岗位的教学医院出现。所谓的教学医院,是指具有教学用途,为医科大学、医学院或护理学院提供见习、实习的医院。上海许多三甲医院,均为各大院校的附属医院,也即教学医院。

其次,很多医生会选择七月休假消暑,而七月又是美国每年新一轮住院医生培训起始月。这些初来乍到、毫无医学经验的稚嫩的住院医生们,怎能堪当重任呢?为了一探究竟,"七月效应"是杜撰谣传,还是确有其事,我展开了一番搜索工作。

加州大学的社会学家,就做过这种研究。他们选取1979年至2006年间,共计6 200万例患者作为研究对象,重点调查逾24万例致命用药差错事件。结果显示,在承担住院医生培训的教学医院,7月份的差错率较平时升高10%。而在非教学医院,差错率与其他月份相当。不过,上述结果所针对的仅是用药差错,而非其他原因所致死亡或手术并发症等。这些用药差错,包括处方用药过量、剂量错误,未能准确辨别药物过敏或不良反应的前兆,对药物相互作用不熟悉等。

在我的学习经验中，每一种药物都像一个颇有渊源的故事。医疗界几千种药物，对应用它的医生而言，都是一种严峻考验。不过，也有学者发现，对急性阑尾炎、创伤等很多外科领域而言，并不存在这种诡异的"七月效应"。或许，外科手术多由一个团队完成，而侧重于药物治疗的疾病，倒可能由于小的疏忽，引起不良或严重的后果。

在英国及澳大利亚，则流行着"八月现象"的说法。与美国不同，英国和澳大利亚从每年8月开启新一轮住院医生培训。《英国医学杂志》发表了来自澳大利亚墨尔本的研究，证实了"八月现象"的确存在。

这一切其实并不难理解。无论实习、住院医生水平如何，在踏入病房的第一个月，各种小差错（即便不致命）总可能高于平常。至于原因，既可能与医生对医院环境陌生有关，也可能与团队配合、医生及医患间交流不到位有关。

《一世好命：患者必犯的十大错误》一书的作者Trisha Torrey，曾是一名淋巴瘤患者。对于"七月效应"这回事，她直言不讳地说道，这是常识，无可辩驳！她在书中写道，七月的医院是个诡异之地，从医生到护士、药剂师，处处涌动着新人。

国内情况如何？我倒从未听闻类似说法。当然，国内目前尚无此方面的大型研究，也无从验证新住院医生进入临床工作后，是否会降低医疗服务质量。但据统计，中国每年新增卫生技术人员近33万，其中进入公立医院的近20万人。这群初来乍到、经验不多的稚嫩医生们，能否担当致病救人的重任呢？这的确值得思考。

医院是生机希望之地，也是死讯降临之所。呱呱坠地的小生命，大多降生于医院的产床；膏肓离世的人们，不少逝于医院的病床。对很多人而言，医院是最不想抵临的场所。事与愿违的是，医院是一处全年无休、时刻待命的地方，时刻都会有患者前来就诊入住。

从医是一种特殊的职业，它压根就与格子间不同（做错一单业务，损失一笔生意，挨一顿老板骂）。它面对的不是订单报表、上司脸色,而是生命。很多医生直言,走上医学道路,等于走上一条不归路。颇有心酸意味的话语,道明了医生成长的本质,不断学习,终身学习,从教训中学习,不犯低级错误……

人们可以尽力维护自身的健康,却也难以断定何时身体这部复杂机器,是否会抛锚罢工。因此,如若身体不适、亟须入院,却因所谓的数字禁忌、"七月效应"等而一味拖靠,无异于本末倒置。此外,医院的三级查房制度(主任医师、主治医师、住院医师),也能最大化地减少低年资住院医生医疗差错的发生。

血荒的背后

一到夏季暑期，不少城市就会出现"血荒"现象。原因也显而易见，天气炎热，街面上的人少了，献血车常常是无血可采。再加上学生暑期放假，进一步导致献血人群减少。一些城市的血库，出现血液存量锐减。

人人身上都有、血管里时刻流淌的血液，成为一种严重稀缺资源。血荒为什么会发生？献血与用血的背后，又有怎样的科学问题呢？

首先，用血紧张的现象经常出现，只是最近很多地方同时出现极端短缺，才引爆为一个亟待解决的难题。血液的采集供应与使用需求，像一架天平的两端。当某段时间内，临床手术的用血需求急剧升高时，而血液采集供应未能增长，便会出现用血紧张现象。用血紧张带来的后果是，可以开展的择期手术量减少。比如说，原本每天可展开十台大手术，而血库的储存血量只能保证五台手术顺利开展。相应地，另外五台手术只能被迫推延，只有等血液供应充足时才能进行。

人们不免疑惑，开刀为什么要输血？没有血液，外科医生就不能开刀了？这像个不言自明的问题，却又难以回答。当手术刀切开皮肤时，便是出血的开始。手术出血量，又与手术类型、创面大小、手术时间息息相关。一名正常人的血容量，也只有4.5升上下，对腹部大手术、骨科肿瘤手术、心脏及开颅手术而言，患者失血量经常在1 000毫升以上，甚至达到上万毫升。

血液像一种载体，它供给全身器官、组织与细胞氧气与养分，来回往返，日夜不息。当机体缺血达到一定标准时，便必须进行输血。人们或许会问，手术时不也在输入各种液体与血浆代用品吗？遗憾的是，它们虽能补充一定血容量，但最解"体渴"的还是血液。输血绝不是可有可无的，它是一种治疗措施，与手术本身同等重要。随着医疗技术发展，人们可开展的手术越来越大。这意味着，它们对血液的需求更加倚重。血液像是一顶安全帽，只要手术医生戴上它，进入施工现场便多了一项安全措施。没有这顶安全帽时，进入工地或许也不会被坠物砸伤。但对患者的性命安危而言，医生们并不心存一丝侥幸。

此外，血荒并非只有中国独有的现象。哪里有手术和用血需求，哪里便可能出现血荒。例如，美国洛杉矶、费城、亚特兰大等大城市也会出现血荒。背后的原因是，大型复杂手术的次第展开，使临床用血量激增；与此同时，公众献血的增长比例只有3%左右。

美国凯斯西储大学的Nicola Lacetera曾发现，尽管有四成美国人符合献血标准，但有九成首次献血的民众再也不会献血。为什么会出现这种现象？有研究发现，不献血的理由有很多，只要让献血者稍感不称心不如意或不方便，他们便再也不愿撸袖子，比如很难找到或抵达献血点，因工作人员原因使献血者感觉很差，献血后担心身体不适、恐惧等。作为生命救助行为的献血，某种程度上比捐钱捐物更能体现生命诚意与关爱之心。遗憾的是，献血这种利他行为很难被权衡。它不像捐钱献物一样，可以有明确的价值衡量。

意大利米兰-比可卡大学的Marco Bani曾在《输血》杂志（Blood Transfusion）发表研究，对献血人群的性别差异进行了研究。Bani发现，与男性相比，女性更愿意献血。背后的原因可能是，女性更具有利他主义，男性则更为个体主义。遗憾的是，女性更容易在献血时出现虚弱、恶心、脸色苍白、头晕等现象，也即俗称的"晕血"，从而阻挡了她们继续献血的步伐。

面对血荒，人们更多的是在表达一种情绪，它叫作不信任。人们将更多的目光转向血液背后的血站；很少为人所知的血液处理过程，也成为诟病之处。捐献的血液流向何处,是否被严重浪费?采血器械的安全性是否可以得到保障?义务献血这种纯粹利他行为是否能调动献血者的积极性?

血荒的破解,势必从供需两方面来权衡。就血液供应而言,需要提高公众献血热情,这既要求血液机构寻求合适的激励措施,又要自身透明、简化程序,以更优质的服务点燃公众献血热情。就血液使用而言,临床医生也应节约用血,按照最新输血指南,科学规范地使用血液,也能最大限度地减少血荒的发生。

医生要开会

我每年都会参加几个学术会议,却很少从一个局外人角度来观察医生开会这件事。试想一下,人们耗费着周末原本的休息时间,从全国各地奔赴某个地点,接受高密度的知识更新,本身就是一件有趣的事。

医生为什么要开会?

某种意义上,开会也是一种投资,既是时间上的(周末休息时间),又是金钱上的(会议注册费可不便宜),机会成本还蕴含其中。各种运输交通工具,将你运送至遥远城市或陌生国度的会场,住在一个陌生的酒店,目的只有一个:开会!

会议像一个舞台,是大量信息的集散地,是全国、全世界某一学术领域专业人士的集散地。会场上,高浓度的专业学术信息在交换。每个人该如何扮演自己的角色,从中去得到什么,都需要一个很好的计划与权衡。

医生,是一个不断需要学习与知识更新的群体。正所谓萝卜青菜,各有所爱。就我观察看来,病例讨论似乎永远都最受欢迎。从我浅显的临床经验看,这种形式很有让人感同身受的感觉,经历一种"虚拟"的情景分享。一方有难题,八方来讨论。这种讨论既有实战性与真实感,还能让人快速学习。用通俗的话来说,病例讨论有点像"肉包子",实惠具体看得见。

对我而言,开会这事的好处是,你好似拥有了"挑挑拣拣"的权利一般,可以选择到底是听一位美国教授关于麻醉深度的最新研究报告,还是一位本土后起之秀做如何进行科研设计的讲座。无论是薯条汉堡,还是牛肉拉面,你尽可以自己做主。不过,有些现象倒值得说道。就像很多其他领域一样,中国人爱扎猛,不太讲究礼仪。按说,参加学术会议,若无讲者或主办方许可,不允许私自录像、拍照或录音。原因,自然是版权问题。当我举目四望时,不少人都拿出手机,对着一张张幻灯片咔嚓。

另外一个有意思的事是,有些人喜欢拿礼品或争抢免费赠书!几年前,我曾写过一篇题为《医生,该怎样有"礼"》的文章。当时我所谈论的现象是,参加学术会议的礼仪规范,诸如"抢座位、打手机、猛拍照",对各种"赠送精美礼品"的讲座绝不放过等。

目前看来,这种现象有了好转的态势。或许,医生只是一群掌握专业技术的普通人,除却身上所独有的医学专业技能外,他对任何普通日常的"小诱惑"也并无抵抗。此外,医生们日常将大量时间花费在医院病房或手术台上,较少有时间在其他环境同人交流。当踏入会议中心,面对精细化运营的会议流程时,对新鲜环境的好奇,也容易还原一个普通人的好奇之心。

对疾病的恐惧

多年前,一名心理老师曾对我们这些年轻医生说,变化和不确定性是产生焦虑的重要原因。这句话令人记忆深刻,一大原因是医院是个处处充满不确定性的地方。在产房外踱步焦急的准爸爸,等待化验结果的患者,在手术室外焦虑等待的家属……他们的踯躅紧张、焦虑不安,源于对未知病情或诊断的担忧。这种焦虑严重不严重呢?

哈佛大学医学院的 Elvira V. Lang,也想知道这个问题的答案。他是一名放射医生,有机会接触到一类很特殊的患者。这些患者全部是女性,因为乳房结节或肿块前来就诊。这些结节有可能是良性的乳腺增生,也有可能是恶性肿瘤。为了弄清楚结节性质,她们需要乳腺活检,也就是通过穿刺取出一小块乳腺组织来验明正身。这意味着,每名接受检查的女性都将面对两个性质截然不同的结果,若是良性皆大欢喜;若是恶性,则将面对乳房切除和化疗。Elvria 跟踪调查了112名接受这种检查的女性,在检查前进行了四项心理学问卷调查,用来评判焦虑、抑郁等水平。为了比较焦虑水平,他还找来肝癌女性、患有子宫肌瘤的女性,她们将接受肝癌化疗或肌瘤切除手术。

在北美放射学会2010年会上,Elvria 报告了他的研究。结果发现,等待活检结果的女性,其焦虑水平远比肝癌或子宫肌瘤的女性要高。尽管活检结果有良性和恶性两种,但等待诊断的过程里,她们的脑中一直在纠结——到底是良性还是恶性?没错!她们正是因为不确定性而产生更大的焦虑。而对那些确诊肝癌的女性而言,她们业已知道自己的病情,焦虑水平反而没有那么高。

人们很容易出现的另一种焦虑,叫"疑病症"(hypochondria)。生活中,也总会发现这种人的存在。他们会买来很多医学保健书籍,总是怀疑自己得了某种疾病,根据自己身体状况逐条参照,然后进行自我诊断!他们常会吓医生一大跳,说出一个让医生都觉得匪夷所思、极为罕见的医学诊断来。

值得说道的有趣现象是,许多医学生都曾有过疑病症。有趣的是,他们所生的疾病,与教材上的疾病讲解进度是一致的。每当讲解新的一章后,他们便对照书本的症状,对自己进行逐条诊断。大半学期下来,他们竟能给自己诊断出多种绝症!不言自明,疑病症是指怀疑自己有病,其实压根没有生病。有说法称,这是心理紧张的结果,是对疾病的过度焦虑。疑病症,可以看作是对疾病焦虑和恐惧的一种形式。尽管他们未必真的生病,也与那些等待诊断活检结果的女性不同,但他们都因为不确定性而使心理承受巨大压力。事实上,疑病症需要的是心理疏导和沟通。

Elvria的研究,看似很小却非常有意义。对医生而言,如何最大化降低并减少患者的焦虑,必须加以考虑。在冰冷的诊断结果里,医生的确需要考虑到患者的情绪变化。优秀的医生,必然是沟通高手。这话确凿无疑之处在于,患者最先通过陈述自己的身体不适,来使医生了解并判断病情;医生也总是通过患者的"主诉",来进一步探询患者不曾注意或表达出来的病情细节。善于沟通的医生,总是懂得缓和患者情绪;不善沟通的医生,反而会使患者更加紧张,对疾病更加恐惧!

来自朋友圈的罪证

你有没有想过,在上班的时候发一条微信朋友圈,可能会成为你疏于照看患者的"呈堂证供"?

先别激动,这事儿出现在美国。

2011年4月13日,美国达拉斯市医疗中心,一名61岁的女性患者死在了手术台上。这位名叫Mary Roseann Milnede的患者,因心律失常而接受房室结消融术。在这家颇为知名的医院里,这种常规手术已经开展了很多年,医务人员都早已非常熟练。

3年后,她的家人决定起诉这家医院和两名医生——手术医生和麻醉医生。起诉缘由里有一条引起了广泛热议:患者之死与"医生分心"关系密切,麻醉医生Christopher Spillers在患者手术时使用智能手机。

资料显示,麻醉医生未能及时发现患者血氧饱和度偏低。"直到15～20分钟后,麻醉医生才发现患者出现发绀。"时刻关注监护仪和患者体征的麻醉医生,此时在做什么呢?通过问讯得知,手术医生反映这名麻醉医生经常在手术中使用手机,有时会发短信,有时会用iPad读电子书。尽管他否认这种行为会影响麻醉安全,但这台手术的医生说:"手术时他的确在看手机。"

起初,他还说自己从不在手术中上网或刷新个人状态,直到律师对他的Facebook进行了调查:在2012年圣诞节当天,他发布了一条"圣诞节的早晨,就这样盯着监护仪……呵呵呵",配图是一名患者的监护信息。他还曾发布过这样一条信息,"糟烂透的周五开始了,我刚发现下一个患者竟然有虱子,恶心的虱子"!

2011年的美国麻醉医师年会上,有研究者做了一份报告。其主要观点是,在54%的手术中,麻醉医师或麻醉护士会分心,而引起他们分心的主要原因是上网。

就我所知,美国不少医院手术室的电脑是连接互联网的。有说法是,这可帮助医生快速查阅医学内容,但调查显示不少医生也用它上网看新闻、购物或刷新社交网站。

美国ECRI医疗研究机构曾发布《2013年医疗技术危害名单》,在重点指出的十大类别中,"智能手机及其他移动设备引起的医务工作者分心走神"位列其中。

无独有偶,分心的不只是麻醉医生。美国纽约州立大学的研究者,在2010年对灌注师进行过一次调查(灌注师是心脏手术时负责心肺转流的医生)。结果发现,56%的灌注师承认在工作时使用手机,其中八成认为使用手机可能对患者造成风险。

LNCtips网站还曾发布过这样的案例。美国一位发热患者在急诊病床数小时后才被诊治并用药。期间,患者丈夫前往护理站询问,发现6名护士在用手机,其中1人在阅读电子书。在入院14小时后,医生才接诊并处理。最终,患者死于脓毒症。调查发现,这6名护士工作期间的手机使用记录,无一与工作有关。患方认为,医护人员怠职以致未及时诊断,导致患者死亡。工作时不恰当使用手机,可能难辞其咎。

哈佛医学院的John Halamka曾发布过这样一个病例。一名56岁男性患者准备进行经皮内镜胃造瘘管置换术,患者因心房内血栓长期服用华法林抗凝。上级医生查房后认为,患者目前可暂停抗凝,便叮嘱住院医生在手持智能设备上修改医嘱——停止继续服用华法林。当这名医生正在操作时,正好来了一条短信,是朋友邀约开party并确定时间。当他回完短信后,却忘了修改医嘱。结果是,患者因华法林过量导致自发性出血,不得不接受心脏手术清除心包积血。

目前在美国,若患者出现不良后果,医生可能会被因智能设备使用引起分心走神而起诉。判断的方法主要包括,通过当面问询或视频监控了解当事人手机等使用情况;调查取证某一时间内当事人手机等设备使用记录(短信或电话,网页历史记录);调查检索某一时间内当事人相关网络账户使用及更新情况等。

智能手机及平板电脑的出现,让人们成为24小时互联动物。刷微信、发微博,成为展示个人生活与工作状态的方式。不过,若这种行为涉及工作时,则需要十分当心。

我的微信朋友圈里,大多是医务工作者。吐槽工作加班的辛苦,自拍两张照片,是不少人爱做的事。也有的医生,喜欢将刚完成的高难度手术照片发布出来,其中不乏巨大的肿瘤或奇形怪状的结石。看似不走心的一张照片,却可能引起极大争议。西安某医院手术室内的自拍事件,以患者的"开刀腿"为背景,就引发了医患及社会广泛争议。尽管人们对处罚结果有看法,为相关人员叫屈,但医生的这种行为是否合规呢?

按照原国家卫计委《医院工作制度与人员岗位职责》的要求,"进入手术室人员未取得医院管理部门的许可,任何个人、科室以及媒体不得携带各种摄影器械进行手术拍照、录像"。随着时代发展,智能手机这一集合了拍照、上网等多种功能的设备,理应按照上述要求管理。

从另一个角度看,医院是展现医护人员专业行为的地方。若手机等设备使用与工作无关,则理应禁止。更何况,拍者或无意,观者很有心。借助微信微博的强大传播能力,一张医护人员乍看无奇的照片,可能会带来难以评估的社会影响。

从上面的案例可以看出,在工作中不恰当使用手机,能造成分心走神,从而无法快速集中注意力到正在进行的医疗工作。这毫无疑问会增加人们犯错的概率。那么,哪些人更容易"沉迷"这些设备呢?

美国罗切斯特大学的研究者,曾根据一项酒精依赖测评量表制定了个人电子设备(智能手机、平板电脑、迷你电脑)依赖测评量表。

大家不妨自己测一测。如果你的回答全部是Yes，那你很可能就是此类设备依赖者：

你是否感觉到自己应减少使用个人电子设备？

他人批评你一直使用此类设备时，你是否很恼怒？

你是否对工作时过度使用此类设备而感到内疚？

你每天醒来的第一件事就是使用此类设备？

在医疗场所内，医务工作者如何使用此类设备，才能既合乎规范，又不影响工作呢？下面这6条值得一看：

1. 医院应对医务工作者设立手机限制使用及禁止使用区，部分场所可屏蔽或限制WiFi信号。在休息室或餐厅等非办公场所，从事与工作无关活动时，可对WiFi或手机信号不进行管制。

2. 在工作区域放置提醒清单，以督促医务工作者最大化减少手机等设备的使用，降低其可能带来的干扰。

3. 在医疗机构内设置局域网，方便医务工作者安全稳妥地沟通医疗信息，以替代微博、Facebook、Twitter等开放式社交网络。

4. 仅对重要的电话、信息及邮件设置提醒，非重要电话等设置为静音或免打扰模式。在手机等设备限制使用及禁止使用区，不允许进行与工作无关的操作，包括打电话、发短信、上网及发送邮件等。

5. 对使用手机等设备拍照、录影等行为，应有明确的管理规定，以保护患者隐私。

6. 应定期对医务工作者进行伦理及利益冲突等教育，以避免手机等设备不当使用。

不可否认，智能手机对医疗效率和安全性提升作出了贡献。To err is human，是人都会犯错。医疗安全相关研究早已证实，医疗工作中的分心走神，会增加犯错概率，甚至对患者造成危害。近些年来，随着智能手机和平板电脑的流行，此类设备对医务工作者带来的负面影响可不小。

你的医生在哪里

又一年度的高考尘埃落定，很多学生都收到了录取通知书。可前不久，不少人在网上问是否会选择学医，遗憾的是，大多数人的回答是不愿意。

这个答案挺令人伤感！每个人都可能生病，这个世界需要医生，若大家因眼下医疗环境不够好、待遇偏差、工作辛苦而拒绝选择这一职业，那势必导致十几年后优秀医生愈来愈少。

2001年我参加高考，误打误撞进入医学院。念完五年本科，接着念研究生，再辛苦五年甚至更长时间，才获得医学博士学位。若将这些年学过的医学教材堆在一起，一定可以碰到屋顶了。总之，青春年华里的整整10年时光，让你从医学门外汉，变成一个对手术台、鲜血、医学操作不再惧怕的局内人。

进入外企工作的人，都会被问"你的职业规划是什么"。对医生而言，你似乎能一眼望穿前路，那就是做一名优秀的好医生，但过程极为艰辛。从进入医学院那天起，你便面对"年年都是高三"的大学生活。随后，你变成医学实习生、住院医师，随着医学训练增多，经验累积，技术提高，变为主治医师、主任医师。每当我在医院看到那些穿梭忙碌的主任医师时，我总是充满敬佩。他们像标杆一般，是一所医院的品牌所在，是维护患者安全的中流砥柱。不少医生也说，从医等于选择了一条不归路。原因是，医者需一生艰辛为学。它要求医生不断学习，更新自己的知识结构与技能水平。某种程度上，这是一份绝对高风险的投资，回报则是细水长流式的。这种回报是疾病更好更快地得到诊治,患者满意度提高。

如今,我是一所大医院的小医生,身份是住院医生。之所以称作"住院",便是说他们应该是24小时在位待命,全天候守候在医院里辛勤工作的一类医生。在医学这个极其复杂的世界里,有1.3万个疾病诊断名称、6 000余种药物、4 000多种操作……这每一项,都涉及患者的健康安危,若不"住院",怎能称职呢?

总之,医生与患者,绝不是对立敌对的关系,他们应该同处一个战壕,面对疾病这个共同的敌人。尽管医患关系不佳,我还是期望双方能将心比心,带着换位思考的意识来相互包容。至少,每个人都有意识地去营造医患和谐的环境,才可能有更多的优秀青年,有志于选择从医。

医乃仁术,它背后的基础却是技术。于我而言,我会带着一颗仁心去运用技术,为患者解决实在的问题,能切实地为他们服务。这是一桩幸福的事情,也是我喜欢做医生的缘由之一。我也期待着,更多的人成为我的同行。

当医生需要戒烟的时候

前不久，医院发了个通知，目的是"确保医院全面禁烟目标的实现"。对伤重病员多、疏散难度大的大型医院而言，禁烟是做好安全工作的需要，也是养成健康生活方式的需要。为做好这项工作，主任在科室会议上说，科里所有的"烟枪"要好好琢磨戒烟这件事，"下定决心，痛改前非"。一位教授打趣道，我建议"烟枪"们稍后坐下来抽支烟，好好研究下如何戒烟。

医生知道吸烟不是好事，但有些人却算不上真明白。"抽烟有害健康"这句话尽管写在烟盒上，却显得柔绵无力，难以给人警醒。尽管每1 000个终身吸烟的男性中，会有1人被谋杀，6人死于交通事故，250人死于烟草相关的疾病，比如肺癌。遗憾的是，人们很难认识到25%这个数字到底有多高。当然，也有人愿意承担罹患癌症风险增高的事实。他们会觉得，既然无法逃脱死亡的结局，那何不投身于让我们欢愉的物质怀抱，充分享受生活呢？这话显得颇为自私，尤其是当吸烟者制造"二手烟""三手烟"时。

我曾问过一位教授，为何烟抽得那么凶？他说："我也不想抽，抽烟很难过，但是没办法。""没办法"背后是一种上瘾，也就是尼古丁依赖。几年前，原卫生部的调查结果是，男性吸烟者里，医生和教师的吸烟率高达半数。中国男性医生可谓是全球医生里的抽烟"带头人"，成为一个特色。

我也曾看到不少内科医生在查房完毕后，便急忙回到办公室，点上一根。许多外科医生会在手术间隙，找个角落点上一根。仿佛悠然地吐出几个烟圈,几小时的手术辛劳顷刻消失。想象下,几位外科主任,盘曲在很小的吸烟室内,吞云吐雾的场景吧。此外,吸烟是种社会文化与现象,医生概莫能外。

另一个有趣的现象是,医院里的年轻医生抽烟比例倒不算高。我猜测,除了烟草有害的医学教育外,年轻医生很少吸烟的部分原因或许与电脑、网络有关。就是说,在本该香烟"处女抽"的年龄,我们遇到了电脑与网络,它们成了我们工作学习、业余生活里的一部分。我们对抽烟没有瘾,可对网络却没有抵抗力。这也算另一种"上瘾"。

在美国学习时,我倒没见过医生吸烟的场景。当我问他们是否抽烟时,他们会表现出惊讶的表情来。仿佛,我的问题毫无逻辑,显得可笑。原因或许是多方面的。首先,吸烟与肺癌之间的关系,已然明确。如果一名专业医生,却是"烟枪"一杆,将很难获得公信力,很难受到患者欢迎。其次,医生吸烟,貌似是件十分不雅观的景象,在圈内不流行,亦不被认可,自然也会销声匿迹。

抽烟是一种疾病,长期吸烟会固化为行为模式,产生心理成瘾。作为一个非吸烟者,我无法透彻理解每一个烟民医生的内心。不过,我会用自己的方式,让他们从心理上对抽烟觉得"可耻"。

每当发现教授要吞云吐雾时,我便下意识地做出打开房门或窗户的动作,教授像是被提醒了点什么,有时倒会把烟卷放了下来。当我看到有医生要点烟时,便将数钱的手势放在他鼻梁下,嘴里嘟一句:"一千块,先交一千块再抽!"

嗯哼!只要让他们觉得抽烟会干扰别人时,他们才可能做出某种改变。也只有营造这种厌恶抽烟的文化,他们才会变得逐渐讨厌抽烟,最后戒除之。

医生的白大褂是怎么穿上身的

一说起医生的形象,人们立刻会想到白大褂。若是医生出入手术室,则是一身颜色偏蓝或绿的衣服。看上去,医生的这身打扮稀松平常。可仔细一琢磨,却又生出了疑惑:白大褂是如何穿到医生身上的?

在20世纪前,欧美医生的穿着倒像绅士。戴着高耸礼帽,穿着灰色长袍的医生,穿行于早期的医院里。在那时,现代微生物学与消毒的概念尚未建立,医生的这身打扮完全是为了"保护自己"——避免血迹、灰尘等污染长袍下面的衣服。灰色的长袍,能尽可能使污渍不那么明显。而在中世纪的欧洲,医生们还会佩戴"鸟嘴面具",一身从头到脚的灰色或黑色长袍,看上去尽管吓人,却是人类与瘟疫斗争的历史见证。

白大褂穿在医生身上,只不过百余年历史,被视为干净整洁的象征。有一种说法是,英国的外科医生约瑟夫·李斯特,最早对外科手术消毒进行了推广。从他开始,白大褂才逐渐流行起来。如今,美国有不少医学院在学生毕业时,会进行"白大褂授予仪式"。这个仪式显得极为庄重,象征着医学事业的开始。大约50%的患者认为,医生在日常穿着外面套上一件白大褂,才像个医生。

显而易见,白色是最容易被弄脏的颜色。只要一点儿血污或灰尘,纯净的白色便显得难看。这便促进了白大褂的清洗和消毒工作,一定程度上起到"保护患者"的作用。有机会不妨注意医生身上的白大褂,瞧瞧领口袖口是否黑污,质地是否挺括吧。

当然，也有医生抱怨："现在的白大褂不好看，千篇一律，没有特色。"医院里到处晃动着穿白大褂的人，即便是大牌教授，也"泯然众人矣"。很多医院或科室在白大褂的细节上，下足了功夫。在口袋部位绣上医院的图标，标注清楚科室、姓名，便让一件白大褂显得"高大上"起来。人靠衣装马靠鞍。将名字编织或印刷在白大褂上，便于患者认识并增加信任感，可能有助于医患沟通。

1975年，约瑟夫·P·克里斯（Joseph P. Kriss）医生在《新英格兰医学杂志》的一篇文章中写道："医师的白大褂应该向患者传达一种严肃感，即便是对最焦虑的患者，这感觉能给患者安定和信心，让他们相信他们的问题最终能顺利解决。诚然，白大褂只是一种态度的标志，但是保持医师鲜明的职业特征也是医师额外的美德；况且白大褂清洗方便，弄脏后也比买来的衣服好处理……休闲懒散的衣着或多或少都可能传达一个信息：医师处理问题随意或不专业……"

白大褂象征着医生这个职业的权威和卫生。"患者的预期各不相同"，霍奇伯格提道："精神病患者可能并不喜欢看到穿白大褂的医生，孩子们也会害怕白大褂。"因此，在一些医疗中心，精神病医生和儿科大夫并不总穿白大褂。"白大褂可能让一些患者安心，也会引起另一些患者焦虑。"霍奇伯格说。

旧金山的茱莉亚·哈利西（Julia Hallisy）是一名48岁的母亲，也是一名牙医。她年轻的女儿凯特（Kate）在接受癌症治疗期间继发医源性感染，病情恶化，最终死去。现在，茱莉亚对卫生保健环境的卫生十分在意，强烈提倡患者安全。

"1997年，当我女儿被感染后，我开始以更为挑剔的眼光观察医院的每个角落。"茱莉亚说，"我开始注意到，一些员工上楼，去餐厅吃饭，又去礼品店，最后又回到病房。"从一个母亲的角度，再加上牙医的专业素养，她意识到医院里，医生的手术衣上，病房的窗帘里，几乎所有医院员工和病患家属接触过的东西上，到处都是细菌。

2013年3月,《内科学》杂志发表了一项有趣的研究。研究者调查了337名ICU患者家属,发现77%的家属认为易读的姓名牌最重要,其次是整洁的服饰(65%)和职业着装(59%),只有32%的受试者认为穿着白大褂比较重要。当分辨照片时,半数家属认为穿着白大褂的医生是最棒的,其次是穿着手术服(24%)、西装(13%)和休闲装(11%)的医生。

很显然,穿着白大褂、戴着姓名牌的ICU医生,给人的感觉最棒。ICU是一所医院里最危重患者的所在地,焦虑不安的患者家属判断一位医生的好坏,往往通过非语言的交流,而良好整洁的外表、挺括的白大褂,再配上清晰易辨的身份,能迅速在家属心里树立起第一好印象。

那么,医生在手术室里又会怎么穿?

进入手术室,医生会换上一套衣服,颜色还不是白色的,这是为什么?首先,医生进入手术室后,会换一套刷手衣或洗手衣,英文叫scrubs。这套衣服算作手术室里的"睡衣",宽松舒适,简便易穿。如果你喜欢看医疗美剧,《实习医生格蕾》里的医生们,里面就是一套海军蓝的刷手衣,外面再套一件白大褂。

顾名思义,刷手衣或洗手衣是医生上手术台前进行洗手消毒的衣服。一直以来,刷手服保持着自身独有的简洁样式。短袖V领上衣,裤子宽松易解,易洗耐磨,透气性好,手感舒适。在刷手服外面,再穿一件手术衣,这便是外科医生上台的标准形象了。

手术衣与刷手衣的颜色相仿,多为浅蓝色、绿色等。那么问题就来了,既然白色代表着洁净,此时为何一身蓝绿?这与大脑对颜色的处理有关系。有一个专业术语,叫"后像视觉效应"。也就是说,如果长时间看一种颜色,当你转移视线看别的地方时,会看到与刚才那种颜色的互补色。比如说,红对绿,蓝对橙,黄配紫。

当医生在手术时,他们会专注地盯着红色的组织或器官,为了减缓"后像视觉效应"带来的绿色困扰,只要使用同样的颜色就能立马缓和。因此，采用浅蓝色或绿色手术衣，不容易引起视觉疲劳。如果你有机会进入手术室，不妨注意手术室的墙壁颜色。不出所料，大多是浅淡的蓝或绿色，这也是出于缓解医生视觉疲劳的目的。

另外一个原因是，当长时间盯看红或粉色的器官时，大脑容易疲劳，进而对红色产生"模糊"的视觉，无法看清。不时将目光转移到绿色上，则能保持大脑对红色的敏感性，也能确保手术刀的准确走位。

医院里的数字禁忌

前不久,有亲戚在肿瘤医院做了个小手术,让我发现了一个有趣的现象。找遍整层楼面,却没有发现带数字4的病床。一开始我还不信,特地问了护士。对方笑着回答,在我们医院你找不到4。的确如此,我仔细瞅了一下,所有带4这个数字的病床都跳过,医院里仅有的几幢建筑物,也将数字4跳了过去。

不用多做解释,我就知道你不喜欢这个数字。大家都喜欢吉利,买手机号最好避免数字4,更何况生病住院呢。医院该是生的希望地,若住一张带数字4的病床上,听着像"死",自然心里犯别扭。有的人说,这是迷信心态,不管住哪一张,都会受到足够重视,医生的治疗也没有区别。也有人说,这是医院的人文关怀方式,契合患者内心的感受推出的便民举措,是值得鼓励和肯定的。

数字4的出现与否,每家医院都不相同。这并不需要医疗主管部门的指导意见,而是各自医院的具体管理操作方式。比如说,我所供职的医院,所有数字都是平等的,4并不是一个禁忌数字。这就可能造成尴尬。前不久,心内科收治了一位来自福建的患者,恰好要住的是14床。没想到患者十分不高兴,坚决不住这张床。医生只能临时调整,将其安排在28床。

回到医院后,我也曾问过患者,如果住在4床你会感觉怎么样?对方回答倒也直接:"4听着像死,心里不舒服。我知道这是迷信,但我还是宁愿不住4床。"其实,数字之间是平等的,差别在于解读数字的人。数字并不可怕,可怕的是因迷信而产生的数字恐惧心理,进而真的影响自己的健康。

数字的禁忌，通常根植于文化传统，却也会让人摸不着头脑。数字8是个吉利数字，谐音是"发"，发财大吉。可到了医院，谁也不想"发"病，有些人由此坚决不住带8的病床。数字7，则被认为是医院里的好数字，可能与"祛"的读音相近，有除去、驱逐疾病之意。

数字的禁忌，也绝不是中国特色。以近邻日本为例，数字4也不受欢迎。在日本文化里，数字9也被区别对待——读音近似"苦"。很多日本医院里，原本用4或9标识的楼层、病床，要么压根没有，要么用字母替代。有意思的是，在产科病房里，43是个绝对被弃逐的数字。在日语里，它的字面意思还可表示"死胎"（still birth）。在日本，人们更喜欢在Taian日出院（大安，即为黄道吉日），很少选择Butsumetsu日出院（仏滅，大凶之日）。这种6天一循环的日本历法，对患者的影响很大，有些患者为了选择黄道吉日出院，宁可多住院6天。

在西方文化里，数字13则是禁忌。它之所以怪异，视为"不祥之数"，可能与数字12有关。西方的神秘学家将12视作完整的，13则成了破局者。比如，一年有12个月，12星座、耶稣12门徒、奥林匹斯12主神等。1911年，心理学家将这种现象称作"数字13恐惧症"（Triskaidekaphobia）。

我曾看到一则新闻报道，伦敦南区的St. Thomas医院将13这个数字彻底"消灭"，旨在消除患者内心涌起的"不祥预兆"，避免引起不必要的麻烦。不少欧美医院与宾馆里，你看不到13楼，倒可能存在12A。而在日历上，当13号与星期五相遇时，则被称为"黑色星期五"，被认为是最凶的一天。患者绝少愿意选择在这一天接受手术或大的有创操作。

《英国医学杂志》刊登过一篇有意思的研究。研究人员以伦敦市的一个社区为对象，比较了1990年7月、1991年9月、1991年12月、1992年3月、1992年11月五个月份的一些有趣数据。这五个月份含有13日星期五和6日星期五，研究者分析了道路上的汽车数量、商场购物人数与医院就诊人数。结果非常有趣！与6日星期五相比，在13日星期五这一天，商场购物人数持平，道路汽车数量减少，但因车祸受伤入院的人数反而增多。作者得出一个有趣的结论，13日星期五这一天的确不够吉利，如果为了安全考虑，最好选择待在家里。受此启发，人们进行了更多类似的研究。2002年，芬兰奥卢大学的Simo Näyhä就发现，那些容易相信迷信传说的女性，在"黑色星期五"这一天显得更加焦虑，出现交通事故的可能性也更大。研究者建议，那些容易情绪焦虑、相信迷信的女性，在"黑色星期五"少驾车为宜，最好是待在家里更安全。

出现这样的结果，可能是因为人类常常会相信一些毫无道理、子虚乌有的事（不管是好事或坏事），即便是碰巧出现的事情，我们也常常认为是"经过特别安排的结果"。这与中国人所说的"心诚则灵"十分相似。当你相信某些事情可能发生时，它最终的确发生了。

可见，不吉利的数字，会影响患者的医疗决策。比如说，中国的农历七月十四或十五，被认为是"鬼节"，很多迷信的人不会选择在这天开刀。只要上网稍加搜索，的确会有患者选择黄道吉日开刀。对医生而言，这些很迷信的日子又会如何呢？找遍所有的医学文献，却绝少看到来自中国的研究，国外的研究也不过三五篇。不过，大部分的研究结论是，"黑色星期五"或月圆之夜在医院值班或急诊上班，并不比其他日子显得更忙碌。总之，数字本来只是简单的符号，它不会带来任何好运或不幸。如果它真的影响了你，只能说明你是一个容易迷信的人。

有一种忙碌，倒是人为造成的，那就是剖宫产术。每年8月底前几天，剖宫产手术的比例大幅增高。尽管有些孕妇预产期可能是9月上旬，还是迫不及待地希望让宝宝赶在8月底前出生。原来，这与儿童入学政策有关系。一个在8月31日出生的宝宝，与一个在9月1日出生的宝宝，尽管相差只有一天，可在上学这件事上，却相差一个年级，也就是后者晚上学一年。

第五篇

东写西读

《泰坦尼克号》里的医疗安全启示

1912年4月15日凌晨,超级豪华邮轮"泰坦尼克号"沉入大西洋。这是和平时期死伤人数最惨重的海难之一,也是最广为人知的海上事故之一。2012年,在这一灾难发生100年后,3D版《泰坦尼克号》的上映将人们的视线又拉回灾难现场。

在人们为杰克与露丝的爱情传奇而喟叹,为沉船所展现的复杂人性而唏嘘时,很多人忘记了去深究灾难背后的故事。观赏完此片后,我脑袋里迸发的第一个词是"安全"。如此世纪大船,何以"处女航"便沉没?关于沉船原因,月亮惹的祸、高气压说、舵手转错方向……种种沉船新解,众说纷纭,不一而足。是人性的自我膨胀,还是对安全的选择性忽视?就连影片里都说,船长"26年的工作经验完全没有发挥作用"。

从某种角度说,医学也倚重经验。保护患者的诊疗安全,是极为重要的。《泰坦尼克号》能为医务工作者带来哪些有益的启示呢?我最先想到的是"墨菲定律"与"海因里希法则"。

我之所以注意到"墨菲定律",是邓主任在某天早晨交班时提到的。与大多朝九晚五的上班族不同,医生每天工作始于8时。8时整,你会发现医院里一副既奇特又严肃的场景,医护人员站成一排,抑或一圈,开始每天工作的第一件事,就是交班。

这一天早晨,当医生将值班时做了多少台手术麻醉交代完毕,当天的医生将要进行的手术麻醉交代清楚后,主任就提到了这个"墨菲定律"。他说这是一个有趣的话题,建议大家看看。

外事不决多搜索。我搜索的结果是,"墨菲定律"指凡事只要可能出错,那就一定会出错。换言之,如果坏事可能发生,即使可能性很小,也总会发生,并造成最大破坏力。更形象的说法是,一块蛋糕若是不慎落地,总是奶油的那一面着地。

"墨菲定律"的源起,是美国空军一位叫爱德华·墨菲的工程师。据说,在发现测试人员将某传感器经常接错后,墨菲的抱怨声里便出现了"墨菲定律"的雏形:"但凡有两种方法,哪种会出麻烦,他就会选哪种。"后来,他的上司约翰·斯塔普觉得墨菲说得很在理,于是便有了"墨菲定律"的称法。最初,"墨菲定律"出现在航空出版物里,后成为流行文化用语,被誉为20世纪西方文化最杰出的三大发现之一。

"墨菲定律"与医疗界有什么关系呢? 前几年,"台湾5名患者被误移植艾滋病患者器官"的新闻,听上去不可思议,却真的发生了。这说明人性天然存在着容易犯错的因素。从宏观而论,大量具备专业技术能力与资格的人员,医疗场所环境充满着各色现代科技设备,他们为患者开膛破肚,开药输液……若用数字来衡量现代医学,那便是1.3万个疾病诊断名称、6 000余种药物、4 000多种操作,再加上愈发先进的医疗设备。再聪慧的医生,也难以掌握全部。在繁重的工作压力下,谁能保证百分百的工作高效与准确性?现代医学的繁复性、分类专科化,正是"墨菲定律"潜藏的一大因素。

医疗界如何看待这些匪夷所思的事件呢? 一般而言,人们最容易产生两种情绪。其一,消极对待——差错难免,无能为力,将其视作借口;其二,积极预防——严阵以待,时刻警惕,将其看作警钟。无论如何,在医疗领域,这种犯错的代价极其高昂,也难以容忍。

医疗界该如何打破"墨菲定律"这一魔咒呢? 答案是"海因里希法则"。在国内,"海因里希法则"被叫作"海恩法则",即是指"任何安全事故都是可以预防的"。乍看之下,这与"墨菲定律"互相矛盾。

据网络资料显示,这一法则是德国飞机涡轮机的发明者帕布斯·海恩提出的。该法则指出,"每一起严重事故的背后,必然有29次轻微事故和300起未遂先兆,以及1 000起事故隐患"。不过,尽管帕布斯·海恩确有其人,却未发现他提出这一法则及详细内容的材料证据。这意味着,"海恩法则"这种说法,很可能是国人的一种演绎或概念挪换。

我在查找资料时发现,倒是美国安全工程师海因里希,提出过与之类似的"300：29：1法则",也就是我所说的"海因里希法则",即"某公司或场所的300个隐患或违章,必然要发生29起轻伤或故障,在这29起轻伤事故或故障当中,有一起重伤、死亡或重大事故"。

这说明什么?某起严重事故,绝非孤立、偶发的事件,它必然是一系列事件相继发生却被忽略造成的恶果。比如说,泰坦尼克号的沉没是偶然的,当人们去分析整个事件时,却发现造成它沉没的危险因素太多太多。这提醒人们,只有及时消除各种不安全因素,某些严重事故才可避免,促成某些严重事故的苗头才能会被及时掐灭。

在医疗界发生的每一次医疗差错或事故,都是启鉴他人的最佳案例。他山之石,可以攻"错"。借助外力,改己缺失。

我所工作的麻醉科手术室,在某院手术室发生着火事件的第二天,就迅速开展安全检查,尤其是手术室防火安全设施检查。护士们更是集体上课培训,熟悉并演练失火时防控流程。此外,每个手术室房间的简易呼吸球囊,再次核查点数。此后每天早上八点,我都会看见一名麻醉护士开始巡视手术间,目标正是呼吸球囊。如若发现哪个房间没有它,领导就要找他"谈话"了。

在踏入医院临床前,曾有一位心理老师对我们这些医院"菜鸟"进行培训。他提出的一个论断,至今仍在我脑海回响,也就是"变化和不确定性,是产生焦虑的重要原因"。

那么,医生该如何最大化降低面临危急状况时的"焦虑",变得沉稳果断呢?其中的一个方法,就是"心理预演"。它是通过对某种行为的具体想象,从而转化为实际能力。比如说,篮球运动员站在罚球线时,下意识地进行无球状态的模拟投篮,就是一种心理预演。等他真的在罚球时,其罚中的可能性就会增加。在跳远、跳高等田径项目中,懂得良好运用心理预演的运动员,取得好成绩的概率也更高。

在医院里,每一例死亡病例,重大疑难复杂病例,抑或出现严重并发症、不良后果的病例,都会进行医学讨论。这是医院日常工作的一项内容,却具有十分重要的临床意义,这也就是医院里"心理预演"的一种形式。

这些自己并未经历的病例,暴露于自己眼前。其中的情景犹如电影一般,在脑海里开始播放,犹如大脑预加载了一段并未发生在自己身上的记忆。日后自己突然面临同样的情况下,预存的记忆便派上了用场。按照海因里希的"300∶29∶1法则",每一名医生都应当从"1"中吸取血的教训,目的旨在消除"300"个医疗安全隐患,进而提高安全质量,保障患者的健康安全。

令人称奇的"心外传奇"

我至今还记得第一次观摩一台心脏手术的情形。站在手术台边,看着一颗鼓囊跳动的心脏。它的跳动渐而缓慢无力,像将熄的烛火一般,最后竟然完全停了下来。初次看到这个场景,我的惊惧不言自明:这是我生命中从未有过的体验!可是,手术台上的心脏外科医生们,却显得气定神闲,精巧的双手一刻不停。

直到我读到李清晨的《心外传奇》时,我才明白这群坚定执着、敬业忘我的心脏外科医生背后,竟然有着那么多惊心动魄的往事。李清晨是一名有侠气与激情的叙述者,拥有一颗愿意分享的心。《心外传奇》则是一本科普图书,讲述的是心脏外科这朵"冰山雪莲"历艰绽放的科学故事。

在韩国留学期间,环境的转换让他沉静下来。在翻阅教材时,一句简单平实的医学历史描述,让他"心头一沉,后背汗毛直竖"。1954年,美国的李拉海医生使用交叉循环来关闭室间隔缺损。"在手术过程中,父母一方作为患儿的氧合器,当时相当轰动……"他意识到,"一定有更为震撼的细节不为世人所知"。他追根溯源,一头扎入心脏外科的历史里。这个扎猛的成果,便是眼前这本《心外传奇》。

侠气往往是武侠小说的路子,《心外传奇》给人的第一感受,便是如此。阅读书中的每一桩医学史事,都具有极强的现场感。每一位心脏病患者的紧急状态都令人揪心,每一场心脏外科技术的明争暗斗都令人紧张。侠气的背后,显然是写作的激情。李清晨对书中的心脏外科先驱们,倾注了情感。这自然与其是一名小儿心脏外科医生不无关系。书中大多人物已经作古,作者详细地标注了每一位前辈的生卒年份,本身便令人尊敬。

医学的跃迁发展,依靠的是科学技术与行业先锋对魔咒和悖论的挑战。心脏,是诸多医学魔咒和悖论里最大的一个。"在心脏上做手术,是对外科艺术的亵渎。任何一个试图进行心脏手术的人,都将落得身败名裂的下场。"19世纪的奥地利医生、号称"医学之父"的西奥多·比尔罗特如是说。不过,《心外传奇》里的医学先驱们,却用一个个创举,让"心脏外科"破土而出,长成参天之树。

"大自然总是十分吝惜自己的秘密,不会轻而易举地让我们窥破,人类向征服方向的每一步,都将付出巨大甚至惨痛的代价,关乎生命的秘密尤其如此。为了心脏外科的发展,无数患者付出了生命,多少医生学者耗尽了青春。"总之,心脏外科的历史,是"一组值得玩味的故事,这是一段充满艰辛和血泪的人类拓荒史"。

大多医学历史书,遵从于史实依据,可读性并不算强,人物也不够丰满。在诸多医学教材的前言部分里,那些传奇性的人物与事件常被凝练为简单的一句话新闻,标注上时间、地点、人物与事件。惊心动魄的往昔失去了温度,其中的故事不被人们所熟知。在作者笔下,他们像是又活过来了,组成了"一部人类追逐梦想并写满坚韧与光荣的历史"。

李清晨在前言里写道:"《心外传奇》这个书名,并不具备一本畅销书的特征,在写作之初,我亦清楚这只能是一部为一小撮人认可的作品。因此,对每一个或主动或误打误撞翻开这本书的人,我谢谢你。"事实上,我们应该感谢李清晨。他让我们有机会阅读一段关于勇气、智慧、挑战的医学历史。阅读它,"整个故事会让你热血沸腾"。

清单：为什么在医院里有用

能握手术刀、妙手著文章的医生，最是让我艳羡。哈佛大学多才多艺的外科医生阿图·葛文德(Atul Gawande)正是一例。他结合自身从医经历，曾撰写多部医学文化类畅销书籍，是不折不扣的医生作家。他曾出版一本很特别的书——《清单宣言》(The Checklist Manifesto: How to Get Things Right)。就连著名的《科学》杂志，也刊发书评直言不讳地宣告：人人都该有份小清单。

Checklist可译为"清单、一览表"，多用于核对时使用。在葛文德看来，清单是让你把事情做正确的必要方式。繁复庞大的各亚类系统，构筑成完整的社会有机体。尽管科技水平与日俱增，可它们的落脚点依然是人。

人不是冰冷的。会思考的人具备很多通性，比如遗忘和犯错，而清单正是有效化解的好方法。葛文德认为，"科学家积累了越来越多的信息，各领域也细分为多种专业，在知识的重负之下，人类面临'沉没'的危险"。

以医学为例。1.3万个疾病诊断名称、6 000余种药物、4 000多种操作，再聪明的医生也难以记住全部。记不住的后果之一，便可能是犯错。重点在于，这种错误的对象，正是健康性命本身。有国外研究显示，即便在外科手术领域，由于人为不慎或错误所致的并发症达3%～17%。在分析这些案例后，研究者认为半数手术并发症可以被避免。

为保证躺在手术台上的患者安全，世界卫生组织曾制定过一项指南。葛文德为此制定了一份"手术清单",内含19条具体内容,目的正是减少外科医生的失误。2007年1月底,葛文德的研究结果发表在著名的《新英格兰医学杂志》。通过组织全球不同地区、经济水平不一的8家医院,对近8 000名成人患者进行研究发现,"手术清单"使手术死亡率由原来的1.5%降为0.8%,并发症发生率也降低了四个百分点。毫无疑问,这些数据表明清单的确是个好东西。截至2007年底,美国有10%的医院及其他国家和地区的2 000家医院采用了类似的"手术清单",减少甚至避免了部分手术死亡案例。

一所医院最危险的地方是哪里?答案不是急诊室,而是重症监护病房(ICU)。我在美国参观访学的医院,ICU每个患者查房的重要内容,正是核对清单。那些耳熟能详的内容,听上去尽管太重复,却能提醒医生,患者的治疗是否满意和达标。事实上,麻醉手术室、ICU正是清单大显身手的好地方——《清单宣言》一书可以为此作证。

浩大的建筑工程、复杂的喷气客机,想要安全挺立或飞行,都少不了清单的身影。1935年试飞的"飞行堡垒"B-17轰炸机,却因一次机毁人亡差点使波音公司破产。究其原因,其实是飞行员不熟悉新锁定系统所致。换句话说,是飞机太过先进,飞行员压根难以应对。专家们费心劳力的研究结果,促使了"飞行清单"的诞生。此后,这种微小却致命的错误,再也没有发生。如你所知,B-17轰炸机在二战大显身手,波音公司亦大赚一笔,共向军方售出逾1.3万架。即便到现在,波音公司还设有一个特殊部门,每年专事设计百余种简便易行的"飞行清单"。

毫无疑问,清单并不能算高科技,也绝非酸腐鸡肋的多此一举。归根结底,清单的本质是沟通,清单的实施离不开团队角色划定。清单规定着个体的任务和分工,在某一具体动作实施前的事先说明,好给自己或他人提个醒。照着清单核对,就是检视那些微小且漫不经心的小bug。它们看似无关全局,却会给人颜色看,甚至致命一击。

  对普通人而言,清单具有更广的外延意义,可以称之为事项计划表。事实上,它尤其适用于时间或任务管理不当或喜好拖延的人群。它能限定任务的时程与地点,清晰规定任务内容。对计划性较差的人而言,既能减少无效时间损耗,还能提高工作效率。

是否该将命运交由医学、技术和陌生人来掌握

作为一名医生，我曾在ICU工作过。ICU的中文名称是加强治疗病房，专门收治医院里最危重的患者，大多经历着生死的考验。在ICU工作的半年里，我经历过许多次抢救的大场面，目睹了许多患者生命的终结。每经历一次，都感觉生命之不易，甚至有了"人生苦短，及时行乐"的念头。

在医生的成长道路上，目睹生命的离去恐怕无法避免。后来，我养成了收集"死亡"的习惯，对人之将死时的所思所想、死亡背后的真相产生了莫大的兴趣。我读过陈平原的《生生死死》、拉尔戈的《离奇死法大百科》，更对玛丽琳·约翰逊的《先上讣告 后上天堂》甚是喜爱。

我最钟情的医生作家阿图·葛文德，则在2014年出版了新书《最好的告别：关于衰老与死亡，你必须知道的常识》。这是一本从医生视角来思考死亡这一主题的作品。我曾与即将出版此书中文版的责任编辑聊过，对方不太愿意在书名中出现"死"字。在我看来，翻译成直接明了的"人之将死"，或许才最能直击人心。"生命总有尽头，届时该当何为？"在读了英文原版没几页后，我便在扉页上这样写道。

葛文德结合自身从医经历，撰写了多部医学文化类畅销书籍，是不折不扣的医生作家。尽管有着"局内人"的标签，可角度却极为开阔。他的上一本畅销书《清单宣言》则于2009年底出版。

在《最好的告别》里，葛文德着力探讨的是年老与死亡。现代医

学大幅延长了人类寿命，延缓了衰老进程，迟滞了死亡的脚步。当今的人们，寿命比以往任何一个时代都长。显而易见的事实是，死亡变得不再自然。以美国为例，1945年时死亡几乎全部发生在家里；到20世纪80年代，80%的死亡发生在医院里。

葛文德想告诉人们，死亡应该是一桩自然之事。你或将死亡视为敌人，但它终将来临。他也委婉地告诉人们，现代医学绝非万能。"医生这个职业之所以能够成功，是因为其治疗患者的能力。如果你的疾病可以被治疗，我们就知道应该怎么去做。如果你的疾病不能被治疗呢？我们没法提供好的答案。——事实也困扰着我们，进而导致冷漠无情和异乎寻常的痛苦。"

我们的医疗总强调生的希望，一副与疾病"死磕到底"的架势，没有人愿意谈及死亡。就仿佛，医生谈论死亡是一桩丢脸的事。等我回溯自己所接受的医学教育时，发现没有人教授过关于死亡的任何事，没有人告诉我该如何与患者谈论死亡。我们的医学永远都在追求更深入了解疾病的机理，寻求逆转或治愈的方法，却不理会人终有一死的宿命，更对那些生命临终患者的苦痛乃至精神折磨不够重视。

正是出于上述原因，葛文德在担任外科住院医生期间，就开始观察并记录那些将逝的患者。在序言里，他讲述了一次公开讨论死亡的机会。这机会极稀罕，却也只是对托尔斯泰的小说《伊万·里奇之死》的分析。"最折磨伊万·里奇的，是别人都出于某种原因认可的欺骗和谎言，即他并不是将要死去，而只是病了，只需保持冷静，接受治疗，然后就会有很好的结果。"即便在今天，依然有许多医生如此认为。医生们执着地寻求"技术的胜利"，用准确的手术刀法、恰当的药物完成毫无争议的正确治疗，却无法将患者作为整体去对待。

葛文德认为，这本书是有关死亡的现代体验。他深入医院ICU，寻访养老院，通过切身仔细的观察，写就一篇篇叩击心弦的文字。乍看之下，他的观点过于血淋淋；仔细阅读，却为其思考的广度而折服。

"在养老院和ICU等机构度过最后的时光,刻板的、无形的惯例使我们与生活中真正紧要的东西相隔绝。"人们不肯诚实面对衰老和垂死的窘境,本应安定地接受缓和医疗的人,却接受过度的医疗技术干预,这不但增加了对逝者和家属的伤害,更剥夺了将死之人最需要的临终关怀。对于如何跨越生命的终点,"大多数人缺少清晰的观念,只是将命运交由医学、技术和陌生人来掌握"。

医学的进步让生命的消亡变成"一条长长的、缓缓的曲线"。击溃生命的并非一种具体的疾病,而是现代医学在不停地维护、修补身体后的逐渐衰竭。越来越多的人将经历完整的年老,但在这个过程里,"我们时而降低血压,时而抗击骨质疏松,控制住这种病,发现那种病,置换坏掉的关节、瓣膜……"作者提到,美国有25%的医疗开支,用在5%临终患者最后一年的生命里,某种角度看,这就是"无效的医疗"。

美国有句有趣的谚语,"对你的孩子好一些,他们将决定你去哪家养老院"(Be nice to your kids. They will choose your nursing home)。虽是调侃之语,想来确是残酷。中国的家庭尽孝方式,与美国大有差池。中国老人大多在几代人构成的核心体系里,家人也不会丢下老年人独自对付疾病。不过,这种传统方式也在动摇。葛文德不无警惕地提到,寿命的延长改变了年轻人与老年人的关系,崇老文化正在瓦解,现代化的进程让年轻人甚少依赖老者的经验,老年人不再被崇拜。年轻人勇于逃脱家庭期望的束缚,使更多的老人孤独孑然。

因此,退休社区、养老院成为老年人的选择。在养老院,会有专业人员通过一个系统的标准评估一个人的身体功能。比如说,若不在他人帮助的情况下无法如厕、进食、穿衣、洗浴、梳妆、下床、离开座椅、行走——也就是"八大日常生活活动",那说明你缺少基本的生活自理能力。如果不能自行购物、做饭、清理房间、洗衣服、服药、打电话、独自旅行、处理财务——也就是"八大日常生活独立活动",那说明你缺少安全独自生活的能力。

遗憾的是,养老院永远将健康与安全放置在首位,而无法满足并尊重个体生命最重要的需求(情感、自由)。这些老人无法根据自己的选择布置房间,无法与熟悉的老友交往,甚至不能享受自己喜欢的食物。家的感觉是不会有了,部分老人甚至与工作人员发生冲突。作者就写到自己妻子的祖母,在养老院里备感压抑,在夜间发生紧急情况时选择不呼叫工作人员,于是离开了人世。

美国有较完善的养老体系,但养老机构的弊端却一直为人所诟病。作者花费不小的篇幅,对养老院、协助生活机构进行了剖析。尽管这些机构的改革困难重重,作者却也看到闪光之处。比如,在养老院里放置至少一条受过训练的"治疗狗"。这种看似微小的举动,却收到了意想不到的效果,例如让老人找到了陪伴感与责任感,还降低了老人的药物用量。

面对老年人的管理,葛文德想到了很多方面,包括如何增加老年病学医生,如何使养老院更人性化,如何让患者有尊严地死去?一百年前,特鲁多(E. L. Trudeau)医师去世,他的墓志铭镌刻着"To Cure Sometimes, To Relieve Often, To Comfort Always."(有时,去治愈;常常,去帮助;总是,去安慰。)今天读来,仍不过时。在后记里,葛文德记述了自己将父亲骨灰撒入恒河的过程,再度回忆起父亲生命历程的最后几年。他意识到,"有时候挑战得不偿失",生命是短暂的,个体是渺小的。

葛文德的笔触细腻,行文既有冷静析理的一面,也有饱含深情的一面。他追踪自己的父亲、朋友年老乃至离去的过程,在一次次具体而细微的对话里展开对死亡的思考。他从容不迫地描述所观察的现象,虽然并没有满腹焦虑,却很容易让读者陷入沉思。

医者两难谁人知

如果我是一家医院的院长，我会发起一项所有医生必须参加的读书活动，而《阿图医生·第一季》(最新版译作《医生的修炼》)一定是必读书目。前面这个念头，便是我读罢此书后最真实的想法。遗憾的是，我只是一名普通医生，所以只能撰写一篇书评，希望更多的人读到一名医生的从医体验与感悟。

《阿图医生·第一季》的英文书名是Complication，意思是"并发症"。换句话说，这本书主要讲述的是阿图医生所见所感的各种并发症，并由此生发出极具人文与思辨价值的观点。在作者看来，医生总是面临两难境地，有时需在极短时间内完成医疗决策。而这样的决策，是否会带来可能的并发症呢？确凿性的答案难以回答，毕竟"医疗上的决定是错综复杂的。当你遇到三岔口的时候，很难决定要走哪一条，但是又不得不选择其中的一条路"。

阿图医生成为不少大学的座上宾，为那些即将踏上医疗工作岗位的毕业生们做演讲。他在斯坦福大学医学院的毕业讲座上谈道："你们所投身的领域是一个特殊的行业，不管医生还是科学家，考虑的都是事关人类存亡的大事，但殊不知其自身已经岌岌可危了。我们的成功受到知识和能力极限的限制，受到疾苦和死亡必然性的限制……这个行业需要科学，需要艺术，需要革新，需要追求，也需要谦卑，但它的奇妙之处在于：它最需要你的参与！"

我曾在网络上听过他的演讲，感觉他像一位深谙听众心理的励志学大师，鼓舞着每一个医疗从业路上的菜鸟。在我看来，阿图医生的厉害之处是,他能将医疗上最复杂的事情,运用富于说理又可读性强的文字解释清楚。

《阿图医生·第一季》通过具体而微小的故事,展示了一个真实的医学世界。"医学并不是一门完美的科学……有时需要一些经验,有时还需要一点运气,然而我们知道的和我们追求的目标之间总会存在一段差距。"医生,特别是外科医生,"都要面对变化莫测的情况——信息不充分,科学理论含糊不清,一个人的知识和能力永远不可能完美。即使是最简单的手术,医生也不可能向患者保证术后一定会比原来好"。某种角度看,医生的成长是一个"不断重复"的过程,以至于阿图医生在不断重复后,感觉"对于在患者身上切来划去的事情,都已经麻木了"。

不久前的IBM waston人机大战,想必大家都不陌生。《阿图医生·第一季》则描绘了医学界曾发生的一场"深蓝大战"。简单点说,在诊断心电图这事上,电脑以20%的优势击败了医学专家。电脑为何胜过医生呢? 阿图医生分析认为,人总是易变的,容易受到他人意见的影响。"此外还有看事情的角度、最近的经验、注意力的分散,以及信息的传播方式都影响着我们的判断。其次,人类不善于全面考虑各方面因素"。在医学界,"像机器一样完美"也成为一种目标——医生只有不断地练习再练习,重复再重复,终身学习才能最大限度地降低犯错的可能性。

医生常被人们认为是冷血,没有人情味,面对活生生的患者表现出冷漠的样子。事实上,这正是一名医生必须具备的专业素质之一。至少,在医学医疗活动中,这种表面上的冷漠是有必要的。阿图医生在书中分析道:"医生在情感上会比较冷静,能理性看待所有不确定的事情,不会因为恐惧或感情用事而歪曲事实。这是由于他们的职业性造成的,他们接受过专业训练,了解如何才能做出更好的决定,除此之外,他们还能集思广益;他们的标准是源于学术文献和精良的训练,还有重要的相关经验。"

美国西北大学文学教授凯瑟琳·蒙哥马利曾说,医生天生就是讲故事的高手。要知道,他们成天都是在听故事,然后讲故事。由此看来,阿图医生无疑是其中翘楚。如今,美国大多数医学院均要求学生阅读此类医学人文书籍,也鼓励他们撰写每天的学医经历与体会。反观国内,尽管不少院校均要求开设人文素质教育课程,实情却并不如人意。此外,国内医学人文类作品也较少见,知名作品罕有。近些年来,反响较大的比如《医事:关于医的隐情与智慧》。毕业于台湾大学的医学博士侯文咏,则以小说《白色巨塔》及其他几部描述从医点滴的书籍,风靡于华语世界。

妙手仁心何处来

医学，是一门实践科学。若能认可我下面这个观点，也就是"医术必然建立在医技水平之上"，那技艺的精进需要大量的"试错"过程，需要时间历练与经验积累。医生到底如何才能"洞悉具体的细节，在那个特定的时刻、利用特定的资源和可调配的人手，抓住时机并挽救患者了的生命"呢？这正是《阿图医生·第二季》（最新版译作《医生的精进》）的主题——医生到底如何做才能更好呢？

《阿图医生·第二季》原英文书名为 Better，出版于2007年，探讨的主题就是"更好"。可是，"医学领域毕竟与运动场不同。当患者面临生命危险时，我们做出任何决断，发生任何疏失，从本质上来说都关乎人的生死存亡"。即便追求"更好"的结果，可医学领域绝不敢谈成功，他们永远需要谨慎。

医生的任务就是"对抗疾病，运用科学让每一个人都尽可能活得长久、健康"。因此，如何在不那么美好、不那么明确的现实里，做一个更好的医生呢？作者在书中用医生所面临的性骚扰指控、因医疗纠纷而在法庭接受指控等实例，沉思着"医生如何做才更好"？

首先，阿图医生开宗明义地指出，我们身处的世界"躁动、无序、动荡不安，医学作为其中的一部分，不可能独善其身。更何况，医学界不过是由我们这样一群普通人组成而已"。换言之，为了追求"更好"，每一个医学进步的背后都有大量的角力过程。

阿图医生在书中讲述了一个故事，关于"洗手这回事"。洗手是保持卫生的好习惯，医护人员洗手也被科学研究证明可以降低患者的病死率。可是,医生们却不能有效执行洗手这件简单却事关重大的小事。医生为什么就不洗手呢?

最初,使用普通肥皂时,医生需要非常严格的洗手程序,这既费时间,又显得笨拙,医生自然不愿意遵守。后来,酒精凝胶的使用将洗手时间缩短一半,只需涂抹的特点使医生洗手率由40%提高到70%。不过,这个比例还不够高,仍然为细菌传播提供了足够机会。如何才能督促医生洗手,将洗手率提高到90%以上呢?

阿图医生的看法是:"遇到困难,我们总是期待出现毫不费力的解决办法,最好是通过一个简单的变化,就能把问题一笔勾销。不过往往都事与愿违。想获得成功,必须往正确的方向迈进一百步,虽然每一步都很短小,但一步接着一步,不能犯错,不能松懈,人人都得努力投入。"

后来,有个医生在阅读到越南营养不良儿童的故事后,受到启发,找出让医生洗手的好方法。在阿图医生总结看来,这就是"正向偏差",也就是借助人们已有的力量,而非外部建议,来指示他们必须如何改变。对于洗手来说,让医生、护士,甚至还有患者坐到一起讨论,让大家自由表达;此外,若是谁没能洗手,他者可以自由并且不受约束地提醒告知等。

《阿图医生·第二季》中,也对医疗活动中的性骚扰这一话题进行过讨论。眼下,这也正成为国内医疗活动中的突出问题,本书无疑为我们提供了此方面的国外经验。诊疗活动离不开"视、触、扣、听",这意味着必然与患者发生身体接触。可患者的问题是:"医生真的有必要碰触我那里吗?当医生询问患者的性史时,谁又能确定他的意图呢?"

一个好的医生不仅要求医术精湛,还必须善于"察言观色",是一名交流沟通高手。在阿图医生眼里,"医生的社交素质与专业素质一样关键……我们从事的是与疾病做斗争的工作,可并不是直接就跟基因或细胞互动,而是跟有血有肉的人打交道。正因为这样,医学才显得如此复杂多变、富有魅力"。

阿图医生仿佛是医生的代言人,总是用最精准的语言,恰当地描述医生的内心想法。比如说,"医疗的核心存在着一个悖论:它发挥的作用非常好,但又永远都不够好……所以一旦我们失败,人们就会质疑到底出了什么问题"。"医生能做到什么,不能做到什么,许多人认为两者之间的界限简单明了,就好像病床上画着一条笔直的分界线一样"。实际上,医生不过是一群掌握专门领域内技术的普通人,但他们不轻言放弃,相信可以找到更多可采取的治疗措施。他们的工作需要"奋战到底",但奋战绝非做得越多越好,而是根据患者实际情况,做出正确的选择。令人遗憾的是,医生并非总是清楚何种选择是最正确的。

阿图医生的另一结论,似乎颇让人沮丧,那就是医生中大多数是平庸的。不过,这并非一种恶意的诋毁,而是不得不承认的事实——"少数治疗团队的治疗成果很差,少数的成果非常出色,而大多数都处在普普通通的中等水平。"如何在最普通的中等水平上做得更好呢?阿图医生的看法是,"知识和技术只是医学中最简单的部分",有很多无法量化的因素,比如进取心、勤奋程度和创造力,都将对医疗质量和患者结局产生巨大影响。平庸的医生们若就此满足将是一件多么危险的事情!因此,阿图医生在"印度之行"一章中,详细描绘了印度乡村医疗现状时,不无感慨地提出:"在医学领域获得真正的成功并不容易,需要坚强的意志力、对细节的关注和创新精神。"印度之旅让其惊叹,"每一个成就的起步都异乎寻常的简单,仅仅来源于医生发现问题的意愿和修正问题的决心"。

如何才能"走向优秀",是阿图医生探讨的最后一个问题。他总结性地提出五条建议。第一条建议是"即兴发问",多与他人交流。只有主动提问,医疗业这部机器将比较不那么像一部机器。第二条建议是"不要抱怨"。医生是一个劳心劳力的职业,一定要坚忍。第三条建议是"勤于统计"。无论从事什么,只要对自己感兴趣的东西进行统计,一定会得到一些有趣的收获。第四条建议是"笔耕不辍"。每个人都不要轻易低估写作的力量,只要你愿意,总可以写点什么。第五条建议是"勇于求变",使自己成为能迅速接受新理念的人,寻找改变的机会。

事实上,这五条建议不仅适合医学人士,对任何意在自己的一片天地里创造成绩的人都有借鉴意义。

在医院，人多力量大？

中国有句俗语，"人多力量大"。可放在医院里，这句话未必正确。在医学界鼎鼎有名的《新英格兰医学杂志》上，来自耶鲁大学医学院的皮肤科医生 Robert Stavert 与 Jason Lott，用一个真实案例说明了这一点。

一名32岁的男性，出现不明原因的肾、肝与肺功能衰竭，住进ICU。为了找到发病原因，9个治疗小组超过40名医生参与治疗。按说，如此庞大的治疗团队，病因理应很快能找到。遗憾的是，患者的情况却不容乐观。

治疗小组间缺乏交流，各自进行检查，以致每天进行25种之多的实验室检查，其中许多竟然是重复的。没有哪个小组能确定患者到底怎么了，每个小组都在期待着其他小组做些什么。在经过最初大张旗鼓地诊治后，病情似乎没有一点起色。为避免患者陷入更为糟糕的境地，各个治疗小组变得保守起来，不愿主动提出新的治疗措施。

幸运的是，11天过后患者病情好转，最终顺利出院。遗憾的是，在投入这么多人力财力过后，患者的最终诊断依然不明。而参与治疗的医生，都是优秀的医生。可是，他们的合力却显得无所作为，相反，在疾病的诊断与治疗中却捉襟见肘。

两名医生写下这个例子，是想告诉人们，这就是医疗界的"旁观者效应"。这是一个心理学词语，又称作"吉诺维斯现象"。

1964年3月13日，纽约克尤公园。一名叫凯蒂·吉诺维斯（Kitty

Genovese)的28岁女孩被谋杀,作案男子行凶长达半小时。尽管公园附近有38人看到这一情形,却无一挺身而出施救或电话报警。这桩震惊全美的谋杀案,催生了"旁观者效应"这一名词。"旁观者效应"也叫责任分散效应。它是指"在紧急情况下,个体在有人在场时,出手帮助的可能性降低,援助的概率与旁观者人数成反比。换句话说,旁观者数量越多,他们当中任何一人进行援助的可能性越低"。

  直白点说,围观群众越多,见死不救越可能发生。而今,尽管有人称当时的新闻存在偏颇,但吉诺维斯谋杀案与"旁观者效应"已成为社会心理学教材的经典案例。

  社会心理学家约翰·达利(John Darley)与比伯·拉塔尼(Bibb Latané)认为,旁观者数量越多,救助一名弱者的可能性越低。为了验证旁观者效应真实存在,他们设计了一项研究,让72名不明真相的志愿者,通过一对一或四对一的方式,与一名假扮癫痫的患者进行通话。研究结果令人吃惊!在一对一对话时,有80%志愿者会主动报告患者癫痫发作。而在四对一对话时,尽管四个人都听到了患者呼救,只有30%志愿者主动报告。

  反正围观群众多,总会有人出手的!

  面临紧急情况时,参与的人越多,采取行动的人可能越少。人们大多先观察其他人的反应,才判断自己是否行动。其后果是,每一个人都变成了鸵鸟,将头埋入沙子,对眼前一切变得盲视。社会新闻中,公交车上抢劫无人帮助、落水者无人施救,都有"旁观者效应"在其中作祟。没人看见"房间里的大象",人们沦为"沉默的大多数"。

  一个和尚挑水吃,两个和尚抬水吃,三个和尚没水吃。个中道理,基本近似。也就是说,如果要求一个群体去完成一项任务,这个群体里的每一个个体的责任感会变得很弱,往往难堪重任。人多力量大,顶事的没几个。当责任被弥散开来时,再大的重担也变得毫无分量,进而被忽视。

  医院里的"旁观者效应"是怎么形成的呢?这与现代医学的特点

紧密相关。

首先，为避免医生疲劳工作，维护患者安全，保证工作质量，住院医生工作时间长度有了限定。比如，美国低年资住院医生连续工作不能超过16小时，每个医生都会在内心打起小算盘：只要在其所负责的上班时间内，患者不出现任何闪失，那就是一种成功。这可能造成治疗上的短视现象，而忽略治疗的连续性。

其次，专科化是当今医学的趋势，医生在从业道路上，逐渐成为某一专业领域的专家。每一个器官或疾病都由专科医生负责，医生眼中的疾病是具体化的，这便可能造成全局观的丧失。当心脏出现状况时，有请心脏医生出场；当肺脏出现疾病时，只能由呼吸科或胸外科医生上阵。这也造成了另外一种现象，参与治疗一位患者的医生数量越来越多。

我曾在ICU工作过一段时间，这里全年24小时无休。换言之，医生护士时刻守护在最危重的患者身边。为完成庞大的工作量，ICU有四组医生人员，确保全天候的"覆盖"，不出现缺兵少将的现象。如果是外科术后患者，还拥有自己的外科医生，他们每天都会前来查看并参与治疗。

每一组医生在连续工作24小时后，大多休息1.5～2天，再连续工作24小时。也就是说，一位患者在ICU内进行治疗时，可能要接受两到三个小组的监护与诊疗。有时，当你再次前来上班时，那些你最初参与诊治的患者，情况很可能发生了极大的变化，你必须从头熟悉几天来的治疗走向。

可以看出，各组医生相互之间的沟通是至关重要的。如何才能保证沟通到位呢？耶鲁大学的两位皮肤科医生的建议是TeamSTEPPS。这是美国医疗保健研究与质量管理署推出的一个培训项目，旨在提高并增进医生间交流技能，使治疗团队发挥最大能量。

最新的医疗技术、药物层出不穷，若是缺乏合理的运用，很可能无法为病患带来切实益处。To err is human，人非圣贤孰能无过！

每一个有弱点的人,如何规避人性深处潜藏的不作为因素,必须值得考虑。

作为医者,必须认识到"旁观者效应"可能给患者带来的危害,通过医疗规范和加强沟通来制订责任人,详细规定每一名医生所应担负的责任,或可最大化避免自己成为一名"旁观者"。

菜鸟医生，
如何通过模仿在医院生存

作为一名住院医生，我在医疗小组里只是最初级的人员。我的顶头上司是主治医生，主治医生上面有主诊医生，主诊医生通常具有副高或以上职称，他们是你所在小组的核心与灵魂。他们所具备的医学经验与诊治原则，大多时候统而贯之，属下人马照搬做样，紧跟学习便可。总体而言，医院不同的科室会出现不同风格的小组或团队，这种不同又因其中核心人物的风格，而具备万花筒般的特点。

整体而言，内科医生理论功底更趋扎实，富于逻辑推理，常以缜密思维让人啧啧称赞；外科医生更重实践，注重问题解决，却常有单向化思维的趋势。也有些辅诊科室，由于只倚仗某一类或一种检查手段、方式或结果，却可能以偏概全，要么谨小慎微，以致真的只是起到"辅助"作用，未能更大程度发挥其学科固有本领。至于我自己，到底属于哪一种医生，暂时无法下结论。可以明确的倒是，我像内科、外科及其他科室医生一样，身处于级别界定严格的角色里，完成一件很重要的工作，那就是模仿。

"模仿他人是一种具有高度适应性的策略：如果有人已经做过同样的事情，何必费尽心思再重新思考一遍呢？"在《窃言盗行：模仿的科学与艺术》一书里，作者亚历克斯·本特利、马克·伊尔斯及迈克尔·奥布莱恩写道。以医院为例，病房里的患者，每天所接受的每一种治疗、检查或手术，都是"医嘱"执行的体现。医嘱，是医生对患者所做的医疗决定。这件事想想就很重要，做起来其实没有那么难。其中的原因是，根据长期的治疗经验，医生会形成很多套对应的医嘱。也就是说，医嘱已经成为医疗活动里的"常规"（conventional）判断。很多时候，医生每天的工作便是执行常规，然后根据患者特点进行微调。

模仿他人，至少可以减少出错的概率。对像我这样的年轻医生而言，这无疑是最重要的生存之道。通过足够长时间的培训与工作，换取可模仿的经验，以确保自身最大化的受益与成长。此外，模仿也确保了经验的代际流传，能使好的、管用的、救命的经验得以保留，继续发挥作用。

不妨阅读书中最先提到的例子，这也正是本书英文书名所暗示的，"我要她点的菜"（I'll have what she's having）。当身处一间陌生的餐馆，观察周围并学着点单，正是人类惊人社会学习能力的体现。延展到工作、生活等空间里，人人都在学着"模仿他人"。

作者分析了人类模仿的主要策略，主要包括：模仿大多数、模仿成功的人、为改善而模仿、模仿优秀的社会学习者、模仿亲属、模仿朋友、模仿长者。比如说，微博上诸多公知、明星之所以粉丝众多，其中原因之一是我们爱模仿，他们是成功的人，追随他们成为大多数人的一致选择。在亚马逊网站，如果你输入前面我提到的"医嘱"二字，会找到百余本以医嘱为书名的医学图书。它们大多出自国内的知名医院或专家教授，因为本身在业界的权威地位或诊疗经验，进而使得其对某些疾病的诊疗形成了常规医嘱。这种医嘱类图书，便是经验的分享，也是模仿的对象。对照它们，模仿者们可以不必"再重新思考"。

不可否认的倒是，模仿者可能不会轻易做出改变。由于相信模仿所得的经验，他们可能变得趋同，从而使潜在的创新无法出现。同一个小组的医生，对同一种疾病的看法，可能与另外一个小组截然不同。面对一名胃癌患者，A小组的意见可能是接受手术治疗，而B小组则可能趋向化疗。面对迥异的治疗策略，到底哪一种更好呢？这个时候，往往需要一个引爆点（tipping point）的出现，这种引爆点式的人物，将全面考量两种策略，通过系统的研究与创新，从而找到更优的治疗方法。可以标新立异，但若想进一步扩大成功，唯有通过与他者的合作，身处休戚相关的团队，实现多方共赢，才能保证自身的胜利。接下来，作者提出了五种合作的演化条件，我认为这是本书对"模仿"二字诠释最为精华的部分。

这五种条件分别是：亲属选择、群体选择、直接互惠、间接互惠和网络互惠。这五种条件又可归为三大类：群体心态、互惠和名誉。将前面这句详读三遍，其深意倒不难领教。比如说，群体心态使合作能实现的原因是，人们喜欢选择与自己有关或与自己同一族群的人，这也正是任人唯亲、嫡系老乡等出现的原因之一。那些与自己更接近的人，我们也会更加熟悉，对整个群体也会更加有利，才能确保自身所属群体持续成功，保持优势，进一步扩张。无数经管励志图书所依赖的也正是群体心态。

互惠是一种利益要约，"如果你先合作我就合作"。尽管赤裸的可见利益鲜见于互惠，但合作已成为当今社会约定俗成的方式，就像见面微笑、打招呼、说"你好"，并非出于礼貌，而是人们习得的一种习惯，并使之成为互惠的基础之一。至于名誉，也算是互惠的一种。作者举了一个例子。北美西北海岸的印第安部落有冬节的传统，节日期间部落酋长会发放尽量多的食物来加强他的社会地位。这种现象在墨西哥中部也同样存在，男人个人或整个家庭要在一年中承担宗教和世俗义务，包括出钱举办节庆等活动。慷慨解囊可能使他们倾家荡产，但社会地位得以提高，因此乐意为之。怎么来理解呢？比如说，逢年过节时，很多单位喜欢搞慰问、发奖金、馈礼品，其背后的社会学缘由正在于此。通过仪式化的标志，进一步巩固所属群体的名誉，属下成员更愿归拢周围，凝聚力得以增强，群体意识得以强化。

如何才能成为群体中的一员呢？作者的建议是，"最重要的当然就是模仿群体中其他的人，这样你才能融入这个圈子，而不像个外人。我们从日常生活的经验就可以知道，融入群体往往比个性更为重要,有时它甚至决定了公平和理性等概念"。例如,在实验中那些离平均值非常遥远的数据,经常会被研究者舍弃。原因正在于,它看上去真的太怪了,怪得完全不符合常理推论。换作是人,道理同此。某些时候为求得生存权,人们不得不舍弃或隐匿自身的某些个性,从而使自己变得不异常。

外人就像刺猬,圈中人犹如狐狸。在作者眼里,刺猬属于个人学习者,其特点是非常了解一件事物,它持之以恒地朝一个目标努力。狐狸属于社会性动物,其特点是对事物的了解并不精深,但它的知识范围广,而且它能意识到自己拥有的知识有限,因此不断适应新的信息。对科学研究人士而言,坐冷板凳,变成刺猬,是有一定益处的。但对管理者而言,成为一只狐狸则是必然要求。这也正是"狐狸的策略更适合一个复杂的、千变万化的世界,狐狸比刺猬更容易在世界上生存"的原因吧。

如何做一名聪明的患者

当身体罹患某种疾病时,到底应该采取怎样的治疗手段?在求医问诊的过程中,我们的心理状态和决策过程,又会受到哪些因素的干扰?乍看之下,我们坐拥网络,信息触手可及。即便是将自己的医疗问题发到朋友圈,分分钟内就会有许多人给你支招。仔细一想,做决定并不容易,选择项也往往不够明确。这就像美国生物学家爱德华·威尔逊曾说过的那样:"我们面对无尽的信息,却依然渴求智慧。"

如果从数据来看,这世界上有1.3万个疾病诊断名称、6 000余种药物、4 000多种手术操作。对具体的某种疾病而言,什么时候应该治疗和应该怎样治疗,选择药物治疗还是开刀手术,现在的医生很难给予一个明确肯定的回答。每一种医疗行为的背后,都有自己的益处和风险。对每个人而言,想要找到最适合自己的治疗方式,并不是一件容易的事。

在《最好的抉择:关于看病就医你要知道的常识》一书里,来自哈佛大学医学院的两位教授——肿瘤专家杰尔姆·格罗普曼和内分泌专家帕米拉·哈茨班德,就用高胆固醇、甲亢、乳腺癌、肝癌等16个患者亲历的医疗故事,从医学、心理学、经济学、统计学等角度,分析比较了不同患者在面对医疗问题时的抉择。更重要的是,抉择背后的决策过程受到哪些因素影响呢?

该书提到了一个重要却常被忽略的概念,那就是健康素养。这是一种很重要的技能,是指个体获取、理解和处理基本的健康信息或服务,并依此做出健康决策来维持和促进自身健康的能力。健康素养的形成并不简单,它涉及多种心理学和认知科学,与个体成长的经历和故事密切相关。

我们从家人朋友同事的经验中学习,接触书刊报章和网络。我们设想,当自身遭遇类似情况时,那些曾对我们施加过的强烈影响会形成"易得性偏差"。换言之,它会塑造我们自身处理事务的风格。恰如个体心理学派创始人阿尔弗雷德·阿德勒所言:"每个人在生活中的一举一动,都是他对世人展现自己的生存模式、能力和独特风格的表演。也就是说:人的行为,始终来自人对自己和对世界的看法。"

以流行性感冒这种传染性疾病为例,世界卫生组织建议高风险患者每年应接受流感疫苗的注射。遗憾的是,通常只有35%～45%的成年人会选择注射。有研究发现,当人们在自我感觉良好的时候,他们只会想到注射疫苗的潜在不良反应。即便发生率很低,且不良反应轻微,很多人依然拒绝注射,哪怕今后有可能患上流感,并因此导致严重的肺炎甚至死亡等。这就涉及认知心理学领域的"忽略偏差",即有些人不去主动地进行治疗,生怕自己的治疗无效或失败,尤其是出现副作用的话,就会悔不当初。为了避免这种可能的后悔,从而主动回避治疗和干预。

该书作者是一对夫妻,他们在波士顿公共图书馆的一场演讲里,假设了这样一个场景:当一名患者发现自己的甲状腺里有结节时,她接受了三次活检。可活检结果并没有确定结节到底是良性还是恶性。她询问医生:"我该怎么办?"尽管两人都是医学专家,但他们的医疗决策却完全不同。哈茨班德选择的是继续随访并观察,她的丈夫格罗普曼则选择立即手术。

为什么会有这样的选择呢?两人在书中《相信现代医学还是怀疑它的可靠性》一章里,就分享了自己的故事。格罗普曼是现代医学的笃信者,他年轻时对人体生物学感兴趣,希望"像真正的侦探那样追踪威胁患者生命的隐形杀手",他目睹了父亲因心脏病发作而迅速离世的过程,他相信:"如果父亲当时得到了正确的治疗,他很可能就不会死。"他对现代医学取得的成绩感到骄傲,肿瘤领域各式的新疗法也坚定了他的态度。

哈茨班德则与之相反。她对现代医学充满了怀疑,认为医生有时也会犯错。对于疾病的治疗,她并不认为多多益善。她说:"对于我自己的健康来说,我的理念是治疗应该越少越好……不管是对我自己还是我的患者,我都担心药物带来的不良反应,担心各种诊断和治疗方面的不良反应。"

我也是一名医生,我不得不承认,医学并不是一门确定性的科学,它存在着模糊和灰色地带,没有泾渭分明的非黑即白。医学涉及医生和患者微妙并且私人的决定,没有标准万能的通用模式。这个世界上也没有重样的患者,他们具有不同的脾气性格、见解主见和医疗诉求,在医患双方共同参与的决策过程中,便会使治疗方案有所不同。对患者而言,他们熟知自己的身体、人生价值和经济情况。他们所想的,并非只是疾病本身。对医生而言,"跟患者打交道就像是走钢丝,为了缓解他们的焦虑和担忧,就必须说一些安慰和保证的话,但是这些保证都只是可能而已,并非十足确定。"

什么才是最好的治疗呢?这并非一个容易回答的问题。每位医疗专家都有着不同的定义。有研究发现,患者很多时候是在医生做出诊断和推荐某种疗法的那一刻,才会形成自己的偏好。也就是说,这些患者此前可能是"一张白纸",如果专家对某种治疗手段有自己的偏好时,他就能轻而易举地影响患者。此外,"当一个患者感到病得很重、恐惧、无助的时候,医护人员平时一些微不足道的言语和行为都会对患者产生巨大的影响"。就拿Graves病(弥漫性甲状腺肿伴功能亢进)来说吧,三分之二的美国医生认为服用放射性碘剂是最好的治疗手段,可只有22%的欧洲医生和11%的日本医生会这样选择。作者正是剥开冰冷的医疗数据,找寻到了背后的答案。

我很仔细地阅读了本书第八章——《怎样选择告别人生的姿态》。我曾在医院的ICU工作过，见识过不少令人伤感沮丧的生离死别。中国的医护人员，很多时候将视角集中在疾病上，却往往忽视了患者身上作为"人"的那部分。在危重到涉及生死的疾病面前，人终将察觉到自己可以承受的底线在哪里。作者提出了两个心理学观点：一个叫作"聚焦主义"，意思是患者将绝大部分注意力放在了疾病对生活的改变上，实际上绝大部分生活并未"天崩地裂"；另一个叫作"缓冲效应"，也就是人们常常忽略自身能缓冲情绪痛苦的应急机制。当患者不承认现实、自圆其说、幽默开玩笑的时候，他们是借此让处于重病的自己不那么凄苦。

　　医疗决策的复杂性，正是两位作者撰写此书的缘由。他们对医疗行业有着极深刻的见解。他们依然在追随现代医学教育之父威廉·奥斯勒爵士的精神衣钵，认为在努力完成一个复杂的医学诊断或治疗前，都应该仔细地倾听患者，只有患者才能告诉我们答案在何方。

　　书中那些真实精彩、扣人心弦的患者故事，能帮助我们更好地理解真实世界的医疗决策。或许，该书并没有提供具体疾病情境的答案，更多的是对当前医疗界的理性观察和思考。对普罗大众来说，求医问诊的心理学奥秘就在其中。它能破解我们对医生、医院和医疗的迷思和误解，能看到医学的不确定性和两难境地，也能帮助我们更聪明正确地应对未来的疾病难题。

你的时间去哪了

许多人保持了理财的习惯，毕竟金钱更容易看得见、摸得着，仿佛与我们更加密切相关。金钱没了，可以再赚，可时间走了，再也不回来了。时间都去哪儿了？

恰如群星并未消隐，只是黑夜的到临才凸显出它们的存在，时间亦然；我们生活在空气里，却难以意识到空气之存在，时间亦然。我自忖是一个还能管得住自己的人，可当读完格拉宁《奇特的一生：柳比歇夫坚持56年的"时间统计法"》一书后，仿佛对时间又有了新的认识。

这本书属于传记作品，可以认为是格拉宁发现与再塑了柳比歇夫，才让今人有缘一睹这位时间达人所创造的一生辉煌。而柳比歇夫何许人也？

他是苏联昆虫学家、哲学家、数学家，一生出版了70余部学术著作，撰写了各类论文和专著，相当于12500张打字稿。终其一生，他像是每天都打了鸡血一般，对自己的人生、道德与时间目标进行严格管理。

那么，柳比歇夫的"时间统计法"到底是什么呢？笼统地说，他独创了一种"时间统计法"，通过记录每个事件须耗费的时间，"任何活动——休息、看报、散步，他都记下时间，多少小时多少分钟"。通过统计和分析，进行月小结和年终总结，以此改进工作方法并计划未来事务，提高对时间的利用效率。1916年1月1日，还在部队服役的柳比歇夫恰好26岁，在新年第一天立下誓言，也就是记录自己的时间开销。此后,他不断完善这一统计方法,一直沿用了56年,直到逝世。

这种方法使他过上了一种高度理智与健康的生活。看起来,他的生活并不特别,游泳、散步等体育锻炼,一样不少,就连睡眠他都舍得每天花费10小时。可是,他清楚并理性看待自身的成绩,并不因外界评价标准的变化而对自己产生怀疑。他将对时间的高效利用,作为自身的一项成绩。

而他的另一项重要品质是,他并非根据自己的能力去衡量任务,而是根据任务去衡量能力。总之,无用、多余的时间并不存在,所谓的休息只是两种工作的交替而已。

柳比歇夫似乎同时间建立了一种神秘、猜不透的关系。任何时间对柳比歇夫来说,都是宝贝。时间于他而言是进行创造的时间、认识事物的时间、享受生活乐趣的时间,没有一分一秒是垃圾时间。

换言之,柳比歇夫对时间的崇敬与敬畏,让他充分使用一天中的每一个小时,一小时中的每一分钟。他制订了这样几条实用的规则:不承担必须完成的任务、不接受紧急的任务、一累马上停止工作而休息、不同内容书籍交替着看、睡得多,一天十小时左右、累人工作和愉快工作结合在一起。

时间并不以外力为转移,我们的时间被侵蚀,缘于我们无法掌控它。柳比歇夫是一个一生都在不断成长的人,从年轻直至衰亡而死,他都能很好地掌控每天的时间,并将之化为一种自觉。

换言之,他的人生似乎并没有青年、中年或老年的区分。就仿佛是,他已扼住时间的咽喉,用足了每一分每一秒。因此,柳比歇夫的一生都在追逐他向往的人,比如爱因斯坦、甘地。他一直在思索,一直在变化,不断提高对自己和理想的追求。

人们会说柳比歇夫并不是天才,穷其一生也没有超人的发明或学术成就。他的神奇或许是,他在人类历史上完成了一件独一无二的事情,那就是忠实记录一生的时间流逝。这也说明,牢靠掌握时间的人,必然是没有虚度光阴的人,必然是充满丰富情感与意义的人。

柳比歇夫提供了一份独特的样本与个案观察，他的时间犹如水晶般晶莹匀称，使人为之惊叹。

几十年的时间利用可以一眼看透，在漫长的岁月里，没有模糊之处，也无禁区。这本身就足以令人啧啧称奇了。一个人到底可以有多少时间？乍看之下，人的一生有限，可再一琢磨便会觉得时间像是无穷尽，要不然我们怎么都责怪自己又虚度光阴，浪费时间呢？

其中的关键，只是时间的运用之道。有的人以低于自己一半的效率在生活，必然所得甚少，体验甚少。如果学习柳比歇夫，不但能节约时间开销，还能提高单位时间的生活质量。

我们能否像他一样呢？

作者格罗宁认为，建立时间统计法的重要前提是，这个人一定具有远大的理想与目标，在生命的早期设定了人生需要达到的高度，才会懂得时间之珍贵。

岁末年初是制订新一年计划的高峰期，人们喜欢为新的一年谋划打算，设定目标。悲剧的是，新年计划却大多以惨淡的失败而告终。

英国心理学家理查德·怀斯曼早就告诉人们，在制订新年计划的人群中，有88%的人都失败了，可他们当初却认为自己可以胜券在握。或许，对普罗大众而言，该反思的不只是时间都去哪儿了。

第六篇

你问我答

高考结束了,我该填报医学院吗

问：

　　三郎哥我是一名高中生,能与我分享一下你的高三学习生活吗?让我借鉴一下,我也想当医生。

　　我是一名准高三学生,现在是我的暑假期间,平常成绩600分(山东地区),在班里20名左右,想暑假里好好学点,赶一赶,但就是克制不住,老想着跟同学们疯玩,想到自己的理想之类的时候能在书桌上坐1小时,但很快思想就开小差了,所以就玩得也不爽学得也不好。

　　还有我对手机情有独钟,很想改掉这些坏毛病。请问你有没有碰上这些问题,你又是怎么解决的呢?

——小黑（新浪微博用户）

答：

小黑：

　　你好!

　　你是第一个咨询我高中生活的。我就简单说说吧。

　　1998年,14岁,我进入高中。学校就在镇上,说不上很好,但离家近。高中三年,仿佛无知无觉,该学的学,该考的考。好在成绩尚可,高考时全校第二,全县第七。可放到全省,貌似到了3 000名之外。

　　作为老乡,我得说在山东高考挺不容易的。分数虽不低,却难进好大学。没办法! 区域化的竞争下,你只能通过考高分,才能进入一所满意的大学。

与通信发达的眼下相比,1998年就像混沌初开的天地。当年,手机必然是没有的。就连walkman或CD机都显得高大上,有钱的学生可能有BP机。所以,我基本是无法获取外界信息的。

在离学校2 000米外的网吧,大家艰难地点开搜狐网站。大半夜的,会有兄弟爬出墙头,到录像厅看香港电影。我甚胆小,就连在被窝听夜半情感电台的经历都没有。

就仿佛,高中三年犹如枯燥的学习机器。早晨操场跑圈,三点一线,在一摞摞课本教材后面做掉一张张试卷。三年里,唯一参加的校园活动是参加了一次演讲比赛,预赛便被刷下。唯一好玩的是,我代表学校参加了除语文以外的所有省、市级竞赛。

我暗恋了一个女生三年,写了很多日记与纸条,接过她递过来尚温热的糖果,便兴奋得不得了。更多的时候,我在阅读中度过。当然,手里闲钱有限,看得最多的是《辽宁青年》《青年文摘》,以及各种便宜的盗版书。

我并不喜欢高三的岁月。一来,班主任一再换人;二来,我不喜欢数学,尽管容易考高分;三来,高三很机械,尽管不痛苦。更何况,进入高三,意味着一场人生独木桥的考验就在前方。

我的父母从来不唠叨我的学习,他们知道我表现尚可。就学习而言,并没有让他们愁眉不展。后来,就连进入大学的花销,寻找工作,都没让他们愁眉不展。所以,我每次回去看父母,都能开心地陪他们吃饭聊天。

现在说说你的"坏毛病"吧。"克制不住,老想着跟同学们疯玩,想到自己的理想之类的时候能在书桌上坐一小时,但很快思想就开小差了,所以就玩得也不爽学得也不好。还有我对手机情有独钟。"

我觉得这不算坏毛病,是一个正常青年的正常表现吧。暑假不就是用来疯玩的吗?我看到你的微博头像,是与两个哥们的合影,多好呀!至于开小差、玩手机,我真不觉得这是坏毛病。时代如此,很难抵挡。

只是，你进入高三了。如果你要参加高考，那么就得考个好成绩。想要个好成绩，只能发挥你的潜能，去学习，去练习。如果想专心学习，势必要舍弃些什么。就眼下而言，你该把手机交给你妈。你该把能侵占你时间精力的物品，束之高阁。

把这当作一种心性锻炼，一种耐力训练吧。如果你练得不错，不管身处何方，都不用太为自己的人生感到惆怅的。

再谈谈你想当医生的事情。拿我来说，我从没想到我会成为医生。我当时的愿望是，成为一名治理环境的环保专家。可当我填报志愿时，厚厚参考手册上，上千个专业只是印刷的白纸黑字。它们毫无温度。我不懂自动化、信息化专业到底是什么……

总之，对我这种土老帽而言，我压根不知道要学什么专业好。我在高考志愿上，却让父母愁眉不展了。最终，我遵从了他们的意愿，进入医科大学，被麻醉专业录取。有时候，一切如此偶然，捉摸不定。

先不说大学了，谈谈从医吧。我有一朋友，年轻时听过一个发生在电影院的鬼故事，以致多年来不敢迈入电影院欣赏大片。在你做出是否想进医学院前，要多问自己一些问题。内心要清楚，自己是否惧怕某些场景或情境。

最基本的一个，害怕尸体解剖吗？我曾遇到一位面试官，谈起面试一个想读医学院的女生的经历。当她听说有解剖课时，死活不愿上医学院了。

你也知道，中国的医疗环境还不算太好，医患关系也很紧张。不知道，你是如何看待这个问题的。我没法给你建议，但我敬佩那些一心从医的学弟学妹。当他们选择了医学院，直到立志将医生作为自己的职业选择，他们便选择了终身学习的道路，选择为患者服务，选择了放弃许多。

在中国，成为一名合格医生的路途异常辛苦。医学院大多将以五年或八年制为主体。毕业后，他们只能算对医学有初步了解的人。在经历规范的住院医生培训（1～3年）后，才算一个合格的住院医生。随后,便是漫长的职业成长路途。因此,要问问自己,是否愿意接受如此长时期的培训。

上述,就算我的简要回答。

祝愿你一切都好。

2014年8月29日

我该坚持医学考研的道路吗

问：

我是一名大四的麻醉专业的学生。我现在很纠结不知道是应该考研还是出国留学？当初报专业的时候都说麻醉比较好就业，但就现在看来不考研想找一份令我自己满意的工作很难。但是，三年研究生毕业之后的就业也很难说，所以心里有了出国的想法。想请教您一下，到底是考研还是出国对以后更有保证？

——CARIE

答：
CARIE：

你好！

我收到你的私信有段日子了，可一直在思忖是否应该回复。毕竟，选择考研对眼下的你来说，算是求学路上一个很重要的抉择。我无法简单地给你yes或no这样的答案，无论任何一种，我都能料到你肯定又产生了新的问题，如此循环往复，我的建议也就毫无建设性了。

不过，眼下，我仍会强烈建议你去考研究生，且应带着必胜的决心去坚持考研。因为，当年的我就是这样谋划的。

即便你在数月的辛劳复习与考试过后，没有取得满意的成绩，没有成为中意的导师的学生，依然无妨！考研这个过程所涉及的大量时间、精力管理，肯定也会让你受益。

当然，也有人说我想出国。可是，从你的来信中，出国这个如此庞大复杂而又由很多精细却重要目标组成的任务,只是你一个简单的描述。在我看来,出国的难度并不比考研低。

至于对"以后的保证",尽管在并不遥远的未来,可要细究起来,其实远非那么重要。最重要的仍是当下的自己。

从你的来信中,不难看出一种别样的东西,那就是:以想象替代现实。具体点儿说,在下决心做某件事情前,你总是会瞻前顾后地思量所投入的时间、金钱是否有所回报,先预想一个并不存在的结果,然后按照这个预想的结果,反过来再调整当前的策略。一会儿,把自己想象到极凄惨的境地;一会儿,有可能是在睡梦里都偷着乐的情形。

在我看来,在还只关心着考研或出国这种单纯直接目标的年岁,你所要做的就是努力让自己如何在考试中胜出即可。相较于工作中所面对的各类情形,这的确是太简单了。

不管是考研还是出国,都需要一段"与世隔离"的日子。它就是你人生的闭关修炼期,是检验你系统学习能力的一个最好办法。不管最终的结果如何,若能度过这样一段系统学习的时日,那就是对心性的巨大磨炼。

以考研为例,你需要分解医学综合、英语、政治等科目所占比重,为完成每一部分的设定分数目标,你需要达到何种能力?为保证这种能力,你需要在哪些条块投入多少精力?你还要探索并制订出符合你自身需求的复习计划,来保证持续的学习效果。你还要抗压抗干扰,避免外界环境对你的扰动。

我想,从你开始看书的第一刻,直到走出考场的那一刻,你考研的第一阶段算是正式完成。等到分数公布那一刻,若你欣喜若狂,那么请先得意10分钟,然后进入下一步复试的准备当中去。若沮丧难过,那么请先哭泣10分钟,然后琢磨毕业的打算。

道路万千,择一而从。选择某一条,并不意味着必然导致某种结局。但是,在行进过程中,你会更深切地认识自己的能力与品性。这也是一种至关重要的收获!

  我不想多谈读研究生的好处,因为那太多了。不管是哪一种好处,它的核心是将你塑造成一个持续探索并学习的人,而这是你武装自身的最强大武器之一。

  等你读了研究生,你关于未来的各种疑问,也会在实践中逐渐有了答案或一一消除。见识源于工作、学习与生活的实践,它陶铸着你的世界,成为你进行各种判断的重要条件。

  祝好!

2014年8月25日

如何才能学好解剖学

问：

请教，怎么才能学好局部解剖学？最近刚学了颈部，配着书看图谱，发现特别浪费时间还记不住，尤其是各种神经。不知道到底应该怎么学呀？图谱上，同样的神经在不同的图上一点都找不到共同点。

——王新洁Jessee

您好，您应该是学长了，我是一名现在正在读临床的大四的学弟，现在刚开学，有个问题一直想问问学长：大四刚开始超级多专业课，以前的基础课感觉跟现在的临床课还是有点不一样，总觉得临床课知识分散，比如耳鼻咽喉头颈外科，说实话自己以前的解剖感觉现在忘了好多，就觉得每一门课都有点吃力，要懂总是要查好多书，我想问问学长，大四读临床课主要应怎么学或者说有什么好的学习方法？

——华彬慢慢去明白

答：

王新洁Jessee、华彬慢慢去明白：

这几个问题令人头痛，所以我先聊聊我最近的技能学习。

来到芝加哥的一间实验室快1个月了，却一直重复一项研究蛋白的基础实验手段，也就是western-blot。要知道，我之前的研究里从来没用过这种方法，我完全是门外汉。为了学习，我观察其他同事的实验步骤与流程，完整记录每一个步骤和注意点，然后自己尝试。

第一次的结果，简直就是屎一般。老板盯着我说："你这样可是差太远。"我压根无须多问我的课题内容,只能灰溜溜地继续重复。

每重复一次western-blot实验,便多一份认识。我也无须反复查看操作流程,慢慢就知晓哪些是关键步骤,哪些必须仔细认真。我慢慢觉得,这个方法尽管费时耗力,却也没有那么复杂。

可在此之前的数年里,我对弄出一条完美western-blot条带的人们,真是羡慕嫉妒恨。我曾觉得耗费两天时间获得一个条带,真是令人头痛。现在,当我有了一些感性认识,仿佛窥见了这个方法的一角,慢慢积累经验,改进流程,以使自己的结果更加可靠。

好了,该回答头痛的问题了。从零开始学习陌生晦涩的解剖名词,与我学习western-blot一样,太过高冷。梨状窝、棘突、三边孔、腋悬韧带、掌浅弓、蝶鞍、肺门、半月线、脾蒂、肝裂、海绵窦。为什么?为什么?

遗憾的是,高冷的老师们似乎并没有过多解释。他们只是让你触摸,让你识记。当知识没有转化为技能前,我们所拥有的只是学习的恐惧,因为很难与临床患者匹配,我们的学习很难奏效。

我依稀记得,当年我们班的麻醉同学,分四个解剖学习小组。在为期几个月的时间内,五个人一组围绕着一具尸体标本学习。对麻醉学生而言,重点显然以神经解剖为主题。

不过,麻醉医生首先是医生,按照局部解剖学的要求,每一个教材上出现的解剖知识点与结构,我们都切切割割,翻翻看看。被福尔马林浸泡的标本,样貌灰色,组织结构十分清晰。因事先处理过的关系,动脉与静脉呈现为塑化的红色与蓝色。尽管切割标本并没有血色,脂肪却是滋滋啦啦的感觉。

解剖学分为大体解剖学与局部解剖学。前者在大一便开课,局部解剖应该是大三上学期的事情。尽管解剖学是一门很基础的学科,但对从来没踏入医院的学生而言,面对标本的学习犹如空中楼阁,毫无感觉。

人体的局部靠分区来研究器官和结构的位置、形态、体表标志和投影、层次和毗邻关系等。尽管从头解剖到脚,从皮肤结构到内脏,从大脑切片到睾丸切片……我现在似乎已忘记了大部分内容一般。

知识只有被应用时,才会发挥神奇作用。解剖学就是这样一门课程。因此,每一名外科医生案头都缺不了解剖书。每一本专业书籍里,都会看见解剖图谱。即便是从业多年的医生,也可能喟叹:好想再好好解剖下标本。

网络上有很多有趣的课程,有助于你的学习。比如山东大学开设的MOOC(http://www.icourse163.org/course/sdu-20006#/info);复旦大学医学院的在线解剖课程(http://jiepou.shmu.edu.cn/gjjp/jpcz/)。当然,也可以看看斯坦福大学的临床解剖课(http://open.sina.com.cn/course/id_81/)。

不管用什么方法,解剖学真的不算一门轻松的课程。不管何种学习方式,解剖课既是胆量的自我暴露,也是学习能力的检验。

你可能用到多种途径,比如绘画辅助、联想甚至死记硬背的方式。一切的一切,只是为了当时的识记。为了在考核(观看解剖录像判断部位名称、解剖标本寻找分离老师给定的解剖学名词,还有书面考试)中过关,你会慢慢找到适合你的方法。

与解剖学相比,临床课程的理论课轻松多了。一来,前来给大家上课的老师大多是附属医院的资深教授或主任,他们见多识广,言谈风趣,每一个人都有很多故事。因此,上课至少是不枯燥的。

二来,每一个系统的疾病都有其特征与特点,从流行病学、症状、体征、诊断、鉴别诊断一直到临床治疗、预后及预防,都自成一种体系,只要顺着老师的思路,至少可以听到一个完整的故事。比如,提到肺结核,老师只希望课堂上的你先记住午后低热、夜间盗汗与消瘦。提到糖尿病,你先知道"三高一低"就可以了。到了临床,每天都是课堂,每天都是学习。

我的医科大学岁月,也有很多失败的体验。最主要的一点是,上课不好好听讲,埋头读书看报,以致在该从零学习某些知识的时间段里,只留下深浅不一的脚印。

那些原本极为重要的知识,只留下残存的印象,没有成为体系,造成后来的学习难度加大。因此,建议你上课时专心一点,如果能保证每堂课都不玩手机,你已经是胜利者了。

医学生的学习阵地应该是医院,通过观察每个患者的情况,来不断增进自己的认识与理解。对工作的医生而言,这个过程每天都在反复。假如你有机会瞧一眼医院医生的办公桌,上面必然是各种大部头。没办法,医学世界太大,疾病名称太多。

一个医学生,当他毕业时,他能算个啥?顶个啥用?答案是,一无所知,两手空空。他们至多是了解了一些医学知识的大学生罢了,离成为一名医生的标准还有些距离。

因此,眼下的医学院学习,只能是医学扫盲。因此,当你没记住时,也别太自责。

2014 年 9 月 8 日

如何才能让同事认可我

问：

你好，我是刚参加工作的麻醉小菜鸟一只。我想请问您遇到一些患者，尤其是硬膜外或者神经阻滞的患者，手术过程他都醒着。等他平稳做完手术后，对手术医生千恩万谢。对您一句感谢的话都没有的时候。你会觉得难过吗？我会。如果您也会，怎么排解这种难过呢？我很喜欢我的工作，只是希望自己的努力能够得到肯定，尤其是来自患者肯定。

——媛（陕西汉中某三甲医院）

答：

媛：

你好！

作为职场新人，想获得来自各方面的肯定，这是最自然不过的反应。当你顺利稳妥地完成穿刺操作后，上级医生一句"干得不错"，你自然内心舒坦。可在患者完成手术后，却只对手术医生千恩万谢时，你却内心失衡了。

我没有让患者感谢的绝招，只能试着用换位思考来分析。在整个医疗环节里，麻醉医生只出现在其中的一个环节，但对手术医生而言，患者看他们的门诊，住到病床上有医生查房，术后医生还会去看。这种感情，你可没法比噢。在患者眼里，住院、主治、主任医生出现的频率，查房时说了几句话，站在床前几分几秒，都是记忆极为深刻的。

这样的过程,便是你来我往的医患交流过程。

看了电影《后会无期》后,我开始咀嚼"后会无期"的意思。在这个世界上,我们面临太多次"后会无期",与患者在手术室里的相处便是如此。每天上班,你可能做了三五例麻醉,可过了一天,你倒可能忘记了他们的模样和名字。他们同样也记不住你。

大部分情形下,你与患者就是"后会无期"。只是因为医疗服务的关系,你出现在他们医疗就诊的某个环节里,完成你所扮演的角色。这个角色对你有很高的职业要求,那就是提供高质量的麻醉。可对患者而言,并没有谁去规定他们一定对你感恩戴德。

换句话说,不要过分期待来自患者的感谢感念。因为,这是你该做的。如果他们感谢你了,请你微笑着自我肯定,作为你的"正能量";你可能开心地去发个微博说患者今天握住我的手,热泪盈眶地说一点都不痛,还不忘来一张手术室自拍。

如果他们没有感谢你,你真的没有必要去揉搓长时间盯着监护仪而酸涩的眼睛,更没必要呈现出一副可怜状态,进而陷入多愁善感的医疗感慨环节。因为,完成你该做的角色,就该下场了,该"后会无期"了。

上面这样说,有些不近情理。那就说点直白些的吧。

转念再想,为何对这些醒着的患者,你会感受到差距?显而易见,他们醒着,能感受到整个手术过程,他们耳闻甚至目睹的,是手术医生在叮当作响地开刀。在你眼里,他们有些只是开刀匠;可在患者眼里,他们是"神一样的恩人"。换言之,真正解决患者疾患的,还是手术医生嘛!

患者没有感谢麻醉医生?我觉得得分情况来看。其中一种是,在手术结束时,患者会说感谢,会说谢谢你们。几句简单的感谢,可能是感谢手术间里的所有人,包括医生与护士,是统而泛之的。另一种情况是,患者的确感谢了医生,似乎却没有包括你。这便是让你神伤的情形。

我觉得另一个重要的话题是，麻醉医生应注意与实施区域麻醉的清醒患者保持交流。我所眼见的很多情形是，麻醉医生完成腰麻、硬膜外后，便很少有与患者更多的语言交流，只注视着监护仪上不断变化的数字，就仿佛患者只是接受手术的肉体而言，全然没有更多的安慰鼓励等交流。

我见过一名麻醉医生，姑且称作L医生吧。他高高胖胖的，比较健谈。我见过他给产妇做硬膜外麻醉。可以说，他像一个话痨般守护在产妇一边，细心解释麻醉过程和感觉变化，总感觉有说不完的话题。整个手术过程，产妇满意度就比较高，一下就记住了这名麻醉医生。不妨回顾一下，在此类的麻醉过程中，我们与患者有多少交流呢？

麻醉医生的确重要，只是目前的社会认识与认可程度不够。很多患者还以为麻醉就是打一针止疼药而已。好在越来越多的媒体都在积极关注并扭转大众对麻醉医生的错误认识。前不久，《人民日报》不就做了一个很好的专题嘛！

你作为一个"麻醉小菜鸟"，想获得来自各方面的肯定与鼓励，是十分正常的。不过，中国的文化里，人们并不懂得如何感谢。即便说了感谢，倒又狐疑是不是真的。

在我看来，为患者进行麻醉服务，首要的是保证麻醉效果与质量，确保患者围手术期安全。我们不正是这神奇的"幕后英雄"嘛！

2014年8月19日

如何提升我的临床能力水平

问：

薄医生：

您好！我是刚刚参加工作的麻醉医师，本科生，在一家三甲医院实习，可是工作选择了一家二甲医院，因为是女生又比较恋家，所以想离家近些，可是工作后才发现三甲医院的模式，甚至药品都与二甲医院不相同，更不要说关于麻醉方式的选择了。

工作不顺利，新入单位也还未融入科室，所谓内忧外患就是我现在的状况了。希望得到您的指导！对于我来说，我觉得我临床技能太少，甚至觉得手足无措，短期我该怎样才能让领导同事认可我？我想知道像我这种临床菜鸟有没有事半功倍的学习方法？谢谢您！

——王FF（江苏南京）

答：

王FF：

你好！

你的感受，我有同感。我刚开始工作的时候，也生怕自己的麻醉做得太差，比如动脉穿刺操作没有一针见血，苏醒期是否躁动，患者是否疼痛，术中管理是否平稳……不过，任何事都有痛楚难言的第一次。我们的麻醉青葱岁月，就是在惶惑不安、不知所措的煎熬中度过。

"变化和不确定性，是产生焦虑的重要原因。"在我刚读硕士研究生时，一位心理学老师来为大家上课时说的这句，使我铭记于心。当你惶惑时，不妨默念三遍，就会了解当时的心理、心智状态。

也就是说，我们踏入新的岗位，身边的一切都是陌生的，都要从头熟悉起来。这种突然的变化，面对麻醉岗位的不确定性，足够让你的内心不安甚至挫败。我们心中的恐惧，永远比真正的危险巨大得多。很多时候，想得太多，并不是一件好事噢！

即便你从事的不是麻醉职业，也必然有初次入职后的适应期。于你而言，从原本高大上的三甲麻醉科实习完毕，一下踏入二甲医院麻醉科里，感觉整个气氛都不对了。或许，并没有早晨交班，大家各忙各的，甚至连麻醉药品的发放使用，麻醉理念及用药方式都颠覆了你最初的认识。

不过，人总是要活在现实里的。首要的，还是要认真观察与体会所处的工作环境，也就是你的职场。这其中包括麻醉医生、护士及辅助人员，要清楚他们每天都是怎样的工作模式、状态及相处模式，尽可能快地对其工作中所表现的脾性有大致的了解，这也能增强你的集体融入感，增强工作人际交往能力。

至于你所说的临床技能太少，我觉得你多虑了。最需要弄清楚的一点是，不要期望刚刚本科毕业的医学生就能胜任临床麻醉岗位。从理论上而言，你的身份是麻醉医生；从实际上来看，真的只是"愣头青"。更何况，你还要经过一段时间的历练，才能去考执业医师吧。

你焦虑自己的临床技能太少，手足无措，希望得到领导同事的认可，这的确是够恼人的。这大多时候，是自寻烦恼，是你想太多。我们并没有想象中的那么重要。别人没那么多时间去关注你的点点滴滴。

在他者的评价体系里，你此时的临床技能水平就是很低的 level，他们对此十分清楚。你的临床技能操作、管理水平，也只能是合格水平，不要期望马上可以良好、优秀。

他们对你的期望，并非需要搞定多高难度的麻醉，而是能否按照科室既有的常规与经验，相对安全地履行实施即可。至于如何提高，有一个"1万小时天才理论"，你可以去看看。简言之，一万小时法则的关键在于：没有例外之人。想要卓越优秀，若无时间的积累，那纯粹是扯淡。

没有无缘无故的成功，没有横空出世的天才，有的是你看不见的背后的努力。比如说，前不久我收到邓主任晚上11时、凌晨3时多的两封邮件后，顿时全身毛骨悚然——惊诧于其全身心高效率投入一项具体的工作。

其实，我倒不担心你的工作技能。在日积月累的麻醉工作量后，你的麻醉技能、管理水平必定大幅提高。你对手术室环境、人员配备十分熟悉，工作氛围会和谐得要命。

这一切，很可能不过三五个月的过程。到那时，你还记得在三甲医院实习时的规范程序吗？你实习所学到的麻醉理念是不早已被现在的经验颠覆了？你还会有动力去翻阅资料，每天勤于总结吗？

龙应台曾写道："有些事，只能一个人做；有些关，只能一个人过；有些路啊，只能一个人走。"去经历，去体验，去接受。

我相信，你的身上会发生很多戏剧性的有趣变化。不妨自己多记录，多观察。届时，期待您的回复。

祝好！

2014年7月20日

王FF的回复：

您好！感谢您在百忙之中解答了我的疑惑，对于我来说，这无疑为在迷茫的大海中的我指引了方向，即便我这艘小船才刚刚启航，但是一盏明灯是多么重要！

您关于我的剖析让我受益匪浅，的确，我太急于求成，太想得到别人的认可,而忽略了时间才是证明和磨炼自己最好的磨刀石。我自我反省,也许是因为学校、实习时的如鱼得水与现实工作的落差让我无法适从,进而沮丧而懊恼。

您说的一万个小时天才理论含义深刻,是的,天才尚需百分之九十九的汗水才能发挥出百分之一的灵感,更何况我本凡人?一万个小时的临床积累只是您给我的比方,对于我们麻醉同人来说,我想十个一万小时也不能算多,人与人的区别让我们在技术、方法、用药上都还要不断学习不断改进!

活到老学到老才是真谛!听君一言胜读千书,希望老师能以后多多指导。祝您一切安好!

你为什么不敢提问题

问：

我是一个两年级的麻醉住院医生。科室经常也会举办一些学术活动，请外面一些教授来讲课。每当教授讲课完，到了问答环节时，全场就特别死寂。有时，我会有想问的问题。可当准备发问时，却发现自己不敢站起来，更别提表达了。我似乎总在担心，我的问题是不是太蠢？老师，你有什么好建议吗？

——循河而去

答：

循河而去：

你好！我可以和你分享我最近的一个经历。

前不久，科室举办麻醉学术周，聆听了国内多位麻醉教授的讲座，所获甚多。因为身担教学助理的关系，参与完成了一个教学班的两次授课任务。期间，还为三位研究生担任答辩秘书。

林林总总，事儿的确不少，有了些许感受。其中最大的感受是，也正与你一样，人们为什么不喜欢提问？

无论是知名教授的授课，还是我这样小医生的交流，大家似乎并没有提问的愿望。说得更直白一些，在你授课的过程中和结束时，你无法从他们的脸上看到喜悲，大多数人只是一脸的平静，甚或带有一丝困倦。

你眼巴巴地望着他们，他们很自觉地低下了头，翻看着手里的材料或手机。好不容易等到有人发了问,打破了冷场,人们才会抬起头一起听怎么回答。

不发问的原因有很多。我总结下来,有这么一些。

第一个原因,在我们传统的教育过程里,发问这样一个优秀的习惯就没有贯穿始终。自小到大,在填鸭满贯的课堂里,主动地发问并不算是必修课。更多的时候,则是老师点名提问。此时,你可以高举着手,等待老师的垂爱。反之,一个在课堂上主动发问的学生,似乎不是被鼓励的。

美国人都是好发问的主,这习惯大约是小时便已建立。他们问题不断,次第而来。我想起2010的夏天,当时在游览Mesa Verde公园(似乎是美国唯一一处以人类学遗迹为主题的国家公园)后,我入乡随俗地"主动"提了两个问题。

对当时的我而言,每一次提问题都像是人生出现重大突破似的,常会先经过一番内心争斗,再面红耳赤地提出。当我用还算能被听懂的英语和盘托出时,我总能听到心怦怦直跳。

这种时候,脑子里也经常会冒出一个特别的声响,"现在不丢脸,以后会更丢脸"。当然,这种丢脸之想,倒也属无稽之谈。毕竟,有疑问就发问,是一个挺正常的现象。这世界没有傻问题,只有你不敢提的问题罢了。

这就很自然地引申出第二个原因。当你提一个问题时,你的内心被重新建构了,你在内心仔细组织了你应该发问的语气语调和说话次序。你很害怕自己的问题太傻太天真,太silly,太不入流,会被人耻笑……你无法突破自己内心构筑的藩篱,即便你想发问,你始终站不起身,始终发不出声,于是问题也不了了之了。

第三个原因,应该是这样的。想要提一个问题,总归要有一个问句。这个问句,也就是关键性问题。若你的专业储备太过苍白,讲者的内容无法激荡你脑海的涟漪,你也无法提出问题。这种情况多见于专业学术领域。

第四个原因,那就是你想提的问题,在问答环节里被消解。如果你仔细回想,你会发现最先提出问题的人最占便宜。此时,他是第一个发问者,他所提的问题,很有可能是其他人想问的。此时,当别人还在犹豫是否应该提问时,你的问题已被别人捷足先登。你也就自然丧失了一个提问的机会。

我总记得四五年前,有一位老师被大家唤作"神人"。他是我们在答辩或报告会上最不想遇到的人。原因无他,问题太过刁钻、太过直击要害。后来我想明白了,不是他的问题太厉害,而是一般人从未压根钻研进去,压根提不出如此有见地的问题来。他的问题尽管恼人,却最富批评建设性,对别人的受益也最大。

那么,我怎么才能勇敢地站起来,去问一个问题?

2017年5月18日

大学五年了，是时候谈谈了

2017年1月，受大学麻醉系老师的邀请，与麻醉专业五年制的学生分享学习与成长的话题，兹录如下。

站在2017年的年头，你们的五年大学生活，在几个月后就要结束了。谢谢你们的邀请，让我来与大家做分享。我猜测，你们让我来的一大原因，可能是我们的年龄差距还不算很大，代沟还没有那么深的关系。

很显然，我肯定有许多感慨想与大家分享。总结一下过往的五年，你们也肯定有很多感受。比如，在学医五年的道路上，都有哪些真实的收获？除此之外的生活和情感，又经历了怎样的变化？

在即将毕业，远赴征程之时，你总会去展望，去设想。其中，有的人笃定，有的人恐慌，有许多困惑，也会有迷茫。

如何平衡学习与娱乐？为何觉得自己进步特别慢？如何提高自己的效率？为何感觉不到自身成长？该参加规培还是考研？我未来的职业方向是什么？如果我工作的单位不好，我该怎么办？

各位同学，请相信我，你并不孤单。当我在你们这个年龄时，满脑子也是这些问题。比如，感觉自己像是进入了一个无形的牢笼，特别想挣脱，特别想改变，可总是浑身无力。周而复始，特别讨厌自己，却又无计可施。

今天，我想和大家回顾一下我的大学学习和生活经历，然后和大家分享一些我的感受。

我是2001年进入大学的,我来自山东的农村,是极普通的一名学生。大学五年的生活,真的算是平淡度日。成绩算不上特别突出,也不是学生干部,几乎没参加过大型公共活动。在公开比赛大场合去演讲、唱歌或竞赛之类的事情,显然不会有我的身影。

我又很穷,口袋里没什么零花钱,在上海更显得局促和不知所措。再加上身边的不少同学,都很自信和有能力,一时间真的找不到自我了。

不过,这些窘迫,你自己知道,别人并不了解,也并不关注。我说这话的意思是,很多时候,我们内心给自己套上枷锁或牢网。其实,他人并不会看到你内心的窘迫。所以说,在大家眼里,我依然是一个与人为善、不惹是生非的人,热爱学习、努力探索。

学习,显然是大学五年的主业。不过,医学五年的学习,其实并不划算。这话的意思是,经过这么长时间的医科学习和锻炼,大家只是掌握了基本的医学知识,是一个比别人医学知识丰富的本科生。

换句话说,大家只是站在了医学这门专业的门口,往里面望了几眼。这离成为一名医生,甚至是最基本的住院医生,都还远得很。这话的意思,并不是打击大家,而是鼓励你们。你们都要参加住院医生规范化培训,那可以算你们真正踏上临床工作的起点。

大学是象牙塔。这句话很好,却可能害了大家。毕竟,大学只是人生的一个阶段而已,只是你受高等教育的特定时段。最终你要走入社会,踏上岗位,与各行各业的人一起,在社会熔炉里相互协作,产生交集。

换言之,尝试用社会人的思维,审视五年的学习,是很重要的。也只有这种思维,才会让你愈发珍视在学校的每一天学习,每一项技能的获得。

要知道,再过几个月,你们即将成为社会人,不再享有大学生这个身份。大学校园,还蛮像宁静的港湾,可一旦离港出发,社会汹涌的大潮可能会让你呛水。

说这话并不是打击大家。社会是真实的,那里没有演习。我从大学毕业也十年了,可闭眼回想时,大学犹如昨天。脑海会闪回一幕幕学习和生活画面。若放大每一幕,都将是一个个微小故事。

翻看大学同学的微信朋友圈,看着每一个同学的名字,都可引发一段故事。毕竟,将时间拉长了看,就会看见轨迹的行进与变化。也就是说,每一名同学,都将有一条自己的道路。这条道路,于你们而言,是探索未知,是无尽可能。

等你们再过十年回头看,有些人可能要嘘叹,有些人可能要窃喜,有些人是平淡接受,有些人是奋力向前。也就是说,一旦进入社会,你们都将分开,都将分化。无论是主动适应环境的变化,还是在环境胁迫下不得不变,大家都必然要发生变化。

毫无疑问,踏入学校大门的那一天,大家都满怀理想,志在出人头地,勇居人先。可是,必须清醒地认识到,每个人的学习能力是不一样的。因此,当我们用成绩或排名这一传统标准来衡量时,必然有第一名和最后一名。

每一个名次,都会有一个名字。这就意味着,非常优秀的人是少数的,看上去学习成绩不佳的,也是少数。大部分人都位于正态分布曲线的中央。

不过,这显然不应是让你焦虑的原因。将人生拉长来看,大学五年仅是特定的阶段,只是一个瞬间,一朵浪花。学习成绩的优劣,并不是一个决定性因素。换句话说,不要太执于成绩这件事上。

不执着于成绩,并不表示你无须努力了。以我的经验看,你必须持续用力,才能显得很有力。这里面有两层意思。

其一,要用力。简单地说,用力就是努力,是投入真正的精力,集中做好一件事或任务。所谓真正的精力,并不一定时间有多长,多起早贪黑,多废寝忘食,而是用自己最集中注意力的时间,专注于任务本身,达到忘我的心流境界。

心流,是一种美妙的心理状态。当个体沉浸其中时,忘却时间,分外享受,不愿被打扰,难以被中断。举个反向的例子来说,那些沉浸于网络游戏的同学,肯定有过心流体验。

其二,要持续。个体的聪明程度,显然是重要的。它会让你领受某项任务、学习某项技能时,以更高的效率进入状态,也就是常人所言的"灵光""有悟性"。不过,聪明并不是最重要的。

只有持续不间断的用力,才可能在滴答的时间里,有累积,有递进。一时的艰辛努力,可以赢得短暂的成绩。但只有持续与坚韧,才能让成绩变大增强。

眼下,还有几个月大家就要毕业了。似乎,数十次的考试都尘埃落定,成绩已是定局。似乎,该掌握的医学技能也都掌握得差不多了。现在,我该做些什么呢?我无法给大家极为具体的建议,但想和大家分享一些心法或几个关键词。

要有"四行"的本事,分别是自己行、别人说你行、说你行的人要行、别人行你一定/应该行。

其一,自己行。也就是对自己下狠手,深挖自己的能力,锤炼自己的技能。自己行显然是一切的前提,否则不具备从事某一职业、完成某项任务的基本能力。

其二,别人说你行。个体生活在组织或社会协作体系里,要与他人合作。你绝非孤零存世,你不在真空里生活,只有在集体里为之贡献和助益,不自私自利,才可能出现别人说你行。

其三,说你行的人要行。我们的努力方向和工作内容,是不是评价体系所要求的,否则是南辕北辙,做了无用功。在符合这一大前提下,不会有人说你不行。

其四,别人你行你一定/应该行。这句话和自己行,有相似之意。我之所以要强调的原因在于,我很好地践行了这一条。

比如,我在大学是多么地想参加辩论赛呀。可当时自我信心不足,身边优秀的人那么多,自己去参加可能给集体抹黑。可是,辩论真的是一项非常难获得的技能吗?答案显然是否定的。既然上场的辩手也不是个个都口若悬河,也会发挥失常,那我去试一试的最差结果也不过如此吧。

于是,在大学毕业后多年,我才有机会尝试。结果发现,好像也不是很难嘛,好像没人说我表现很差嘛。举这个例子只是想说,如果某一项技能许多人都能拥有或掌握,你一定也可以掌握。即便一时达不到,努力一下也应该可以达到。

说上面这个,其实就是希望大家努力扩大自己的舒适区,勇敢地往外走。回想过去的五年,上课坐角落,不爱坐前排……这是很多人的选择吧。之所以这样选择,是因为大家都有"心理舒适区",不敢去突破自己。但有句话我觉得很受益,"现在不丢脸,将来会更丢脸"。

我大学时是个直面女生都会脸红的人,由此引发的连锁效应让我十分自卑。这让很多女生误以为我特别高傲。但是,你总要去接触异性。

所以,第一次可以脸红脖子粗,浑身冒汗,语无伦次。第二次,可能说话顺溜了许多;再往后,可能就愈发自然了,对吧。因此,主动出击,多多尝试,抱着晚丢脸不如早丢脸的不要脸精神,就是扩大舒适区的一种方式。

说到这里,我想起有同学问我的问题。那就是,如何看待身边比你优秀的人。我相信,提出这个问题的同学,内心可能有一些痛苦,甚至是妒忌比自己优秀的人。我觉得,这不是一种好心态。

很多人可能有酸葡萄心理,心里会想,如果我父母很厉害,如果指导我的老师也很牛,如果给我那些资源,我做得肯定比他还好。但是,这样的想法不会改观你的现实世界。你必须抱着欣赏的态度,赞许的眼光,来看待比你优秀的人。

道理不多说,我只愿大家这样去做。只有这样做,你的心胸才会更宽广,才能摆脱内心小魔障,才会正视真实的自己。在此基础上,你要去诚实地剖析,别人为何比你优秀。我负责地说,他肯定有过人之处,只是他付出的努力,你视而不见或装作看不见罢了。

再者,我觉得要有一些跨界的思维。跨界是保持与提升个人趣味的重要源泉。你想变得与别人不一样,除了在本职上突出之外,另一个途径就是跨界。跨界的类型很多,很自然的一种是专业上的跨界,不断往外拓展。

比如说,你们都很有个性,个人能力很突出,计算机编程、英语水平都很强。那你有没有想过,可以将你学习的某一门课程,开发一个学习app,放在苹果store出售呢?你有没有想过和同学一起,开发一个小程序,更好地换算各种药物的浓度呢?

当然,我这里说跨界,其实是希望大家不要局促,不要狭隘,多走出去看看。外面的世界很广大,出门就知道,世界真奇妙。不管是国内还是国外,如果有机会,就要去看看。

前面,和大家分享了很多碗心灵鸡汤。现在,再给大家来几句英文的打鸡血吧。我的微信签名是 be publicly useful and privately happy。这话啥意思呢?

简单点说,一个人要把自己分开来,分为工作公众与自我私人。在工作上,在社会角色上,一定要有用;在私下里,回到个体生活里,一定要幸福。

与之对应的,工作是什么呢?工作是 make a living。生活是什么呢?生活是 how to live。两者是有很大区别的。

make a living 是谋生或一种职业,是体现你专业技能或职业本色的,你显然要做好做优。在其位,谋其业。做好工作是体现你职业精神和专业素养的最佳途径。

有同学问我,觉得工作无趣或无聊怎么办?我想告诉你,工作就是工作,它的属性可以包括有趣,但大部分工作并不如此。但是,这不能成为阻碍你高质量完成一项工作的借口。工作体现的只有职业精神,你做好它就足够,不需要多么有趣。否则,你一定陷入死灰的工作状态里。

生活则不一样，它是如何去live。这显然是发挥能动性的主要部分，是体现你人生趣味的关键所在呀。无论how去live，你一定要happy。这是一个整体的原则。

因此，如果把每天划分为三段的话，8小时给工作，8小时给生活，8小时给睡眠。每个人都有24小时，我们的精力和注意力是有限的。如何分配和经营，就是决定你publicly useful和privately happy的根本。

在这里，我想给大家推荐一本书，李笑来的作品《把时间当作朋友》。我上面所说的很多感悟，部分来自此书并切身践行后的经验。总之，希望大家能读一读，你们此时的许多人生困惑，在里面也许都能找到答案。

因此，我最后想与大家说的一句是，choosing the hard road。趁着年轻，选择一条不那么舒适的道路，选择一条自己觉得有些畏难的道路，选择一条自己可能要吃些苦头的道路。

这不是让你往穷途末路和死胡同钻，而是让你磨炼心智，锻造正确的死磕精神，也让你有试错的机会。等你熬过那段艰苦的岁月，你会感谢自己当年的选择。

后 记

16年前，我还是一名医学生。在大学图书馆，我读到一本书，书名叫《大医院小医师》。作者侯文咏，曾是台湾的一名麻醉医生。恰好，我所学的专业就是麻醉学。那是我第一次提前窥见了一名"菜鸟医生"的酸甜苦辣。而这本《医路潜行：大医院小医生》，则是我这名麻醉医生的成长之旅。

麻醉医生，被誉为手术室里的生命保护神，无影灯下的安全摆渡人。慢慢从医路，道阻且长。2011年夏，我博士毕业后，成为一名住院医生，算是正式开始了麻醉从业之旅。在那之前的10年里，有5年是医学本科生活（包括麻醉实习），另5年则在攻读博士研究生学位，主要与文献和小白鼠为伴。

收录进本书的稿件，撰写于2011年7月至2019年2月，我也从一名住院医生成长为主治医生。不过，我仍只是"大医院"里的"小医生"。当前的医院体量庞大，学科分支多，专业分工细，我仅是整个繁复细密系统中的一颗"螺丝钉"。好在，这并不妨碍我打量和观察医疗业，甚至还会有一种"内部人"的视角。总之，不管你是否学医，都不妨碍你畅快地读下去。

书中许多文章，曾是兴之所至的闲来之笔。借着一股不吐不快的劲儿，写完便不管春夏秋冬。有的撰写于手术室一夜忙碌的值班后，有的撰写于重症患者的抢救过后。有的稍显轻松，比如给医学生上完课，刚参加完一场考试或答辩。有的则十分严肃，比如涉及生死存亡的医疗决定。本书还收录了部分书评，以及我斗胆给一些麻醉小伙伴们提供的从业"鸡汤"。

"医"路成长,需要感谢的人有很多。其中最应感谢的,是我的研究生导师邓小明教授。感谢他对我的悉心培养、支持帮助,让我能有机会在医学道路上不断前行,也才有机会记录点滴,最终成书。更要感谢的,则是我所供职的医院——上海长海医院。在我的微信朋友圈里,我总是亲切地把医院称作"我海"。正是在"我海"里的学习与工作,才有了我这名"小医生"的酸甜苦辣。

回头望去,一路脚印,深深浅浅。"种一棵树最好的时间是十年前,其次是现在。"本书的成书过程,犹如一棵树苗的成长,大概也是我这名"小医生"成长的最好见证吧。整理衣袖,轻装上阵。在这一刻,创造下一刻。至于未来,那不仅是未曾到来的时间,更是对创造可能性的无限可期。

薄禄龙

2019年初春于上海

图书在版编目(CIP)数据

医路潜行：大医院 小医生/薄禄龙著.—上海：上海科学普及出版社，2019.5
ISBN 978-7-5427-7496-5

Ⅰ.①医… Ⅱ.①薄… Ⅲ.①随笔-作品集-中国-当代 Ⅳ.①I267.1

中国版本图书馆CIP数据核字(2019)第074710号

策划统筹　蒋惠雍
责任编辑　柴日奕　李潇潇
封面设计　赵　斌
版面设计　王轶颀

医路潜行：大医院 小医生
薄禄龙　著
上海科学普及出版社出版发行
(上海中山北路832号　邮政编码200070)
http://www.pspsh.com

各地新华书店经销　上海盛通时代印刷有限公司印刷
开本 710×1000　1/16　印张 12.25　字数 157 000
2019年5月第1版　2019年5月第1次印刷

ISBN 978-7-5427-7496-5
定价：39.00元
本书如有缺页、错装或坏损等严重质量问题
请向出版社联系调换
联系电话：021-37910000